朱辉文集

双风灌耳

朱辉——著

江苏凤凰文艺出版社
JIANGSU PHOENIX LITERATURE AND ART PUBLISHING

图书在版编目（CIP）数据

双风灌耳 / 朱辉著 . — 南京 : 江苏凤凰文艺出版社，2024.1

ISBN 978-7-5594-7455-1

Ⅰ . ①双… Ⅱ . ①朱… Ⅲ . ①短篇小说—小说集—中国—当代 Ⅳ . ① I247.7

中国国家版本馆 CIP 数据核字 (2023) 第 003133 号

双风灌耳

朱 辉 著

出 版 人　张在健
选题策划　陈　武
责任编辑　孙建兵　李珊珊
责任印制　刘　巍
出版发行　江苏凤凰文艺出版社
　　　　　南京市中央路 165 号，邮编：210009
网　　址　http://www.jswenyi.com
印　　刷　三河市华东印刷有限公司
开　　本　880 毫米 × 1230 毫米　1/32
印　　张　7.25
字　　数　143 千字
版　　次　2024 年 1 月第 1 版
印　　次　2024 年 1 月第 1 次印刷
书　　号　ISBN 978-7-5594-7455-1
定　　价　48.00 元

总　序

我的写作始于 20 世纪 80 年代。第一篇公开发表的作品是散文《水杉林畅想曲》，1984 年，那时我还在华东水利学院农田水利工程专业学习。我没有读过中文系，引导我写作的，是阅读和天性。

第一篇小说《夜谭随录·三题》，发表于 1987 年的《青春》，居然是用文言文写的。无知无畏，现在想来不免汗颜。这是我的小说起点，此后又有一些习作发表，直到 1990 年的短篇小说《在劫难逃》，我的小说才有了点模样。

多有论者指出，我的小说风格驳杂，难以归类，有两套“语言系统”。这是有原因的。时光漫长，人在变，作品的风格也会变；激起我心灵感应的题材很多，我更在意风格与题材的匹配。

语言自然是极重要的。语言关涉小说的内核，但有时候，作家的语言也如他穿的衣裳。总穿一套“好”衣裳，而不随季节、场合换装，未见得是有衣品，也可能是缺衣服。我只想写出好的小说，至于它们的风格是否方便分拣、归置，我并不在意。

迄今为止，我大概写了一百个中短篇。这些篇什，被 2000 年前后一连四个长篇小说拦腰分开，《我的表情》《牛角梳》《白驹》和《天知道》。这并非刻意规划，只是情之所至。

这套文集只选了小说。短篇小说五卷，中篇小说两卷，长篇小说三卷。中短篇小说按时间流编列。除了少量散佚的或实在难以见人的——譬如那个文言文小说，基本都在这儿了。这是我的道路。

文集截止于 2021 年，我的写作之路还在延伸。到文集出版时，我已写出了长篇小说《万川归》。

对我的创作予以关注、批评和褒奖的师友们，你们的慷慨令我心存感念。流风所至，文集用了腰封，文字来源于师友们的评论，没有一一注明；也有一些摘自我自己的创作谈。

感谢出版方。感谢为文集的搜集、整理提供帮助的朋友们。

是为序。

朱辉，2022 年 10 月

目录

夕阳无限

绿碑

村落的历史已经很古老了。村人的祖先，据说是当年守卫皇陵的兵卒。至今在村人流传的故事里，依稀可见当年皇帝驾崩葬于后山的浩浩盛典。可是早在十几年前，当年气象万千的皇陵就已经被连天的衰草所淹没，连绵十余里的神道也只剩下上书“文武百官在此下马”的一座石坊了。

那个黄昏距离现在也已经很久远了。可今天，村子里几乎所有的人都还可以清晰地讲出那个黄昏发生的故事。

那年立春之后天气还很冷，太阳在天上醉汉般蹒跚地走着。中午，村里人三三两两下地，路过村西口的时候，宽成老汉正抱着他那根寸步不离的柳木拐杖，坐在茅屋前晒太阳。炫目的阳光射进老汉浑浊的老眼里溶成了黄昏。看不见的岁月汩汩地流过来，垒在老汉身上。他的背深深地佝偻着。茅屋上的草在风中雀羽般翻动，屋边有个池塘，老汉不时抬起头，看看在塘边的平地上蹒跚学步的邻居家的小鸭鸭，脸上木无表情。身后的村子静极了。狗不吠，驴不叫，只几声悠长的鸡啼把深深的寂静扩散开来。如今村人们叙说起来，都说当时有一种死亡前庄严的肃穆。

大家把喧闹带到了地里。耕地、点种、挖墒。当！锄把一震，再一拨，就有几个铜钱露出来，却懒得去管。早有几个眼尖的光腚娃娃扑上去。抢过去，用脚蹭几下，扬手一抛，天空立刻多了几轮小太阳！更多的小孩扑去抢，闹成一团。马上就有几个娃娃扯住自己的爷爷告状了。几个老汉以锄击地，骂骂咧咧，还是无儿无女的好！赤条条来去无牵挂！嘴里骂着，心里却想起村西的宽成老汉。膝下无后，香烟断绝。日后一命归西，没有响器伴上黄泉路，没有招魂幡引路去西天，这一辈子……唉！长长叹一口气。

其实，并没有人知道，村子里正发生着那个悲壮的故事。

傍晚时分，人们拖着疲惫的身子回村子。走到村西，却一个一个定住了。他们被眼前的场面惊呆了，只见宽成老汉那根柳木拐杖笔直地竖在水里，纹丝不动，塘里的清水像绸缎一样，发着暗绿色的波光。鸭鸭的小脚丫子浸在水里，身子却搁在岸边，鼻翼还在微微翕动。宽成老汉俯伏着浮在他的拐杖旁，像一根漂在水面的树桩……正是晚霞满天的时候，残阳如血。

鸭儿妈哇一声扑上去，从泥水里抱起孩子。丈夫立即接过去，用力拍打着背。鸭儿咕噜咕噜吐出几口泥水，突然昂首放出一声嘹亮！

赶忙把老汉拉上来。试试鼻息，早已断了气。

鸭儿妈一下子扑在老人满是泥水的身上，号啕大哭。

“他伯啊！我今生今世不能报答你，来世当牛作马、衔环结草也要报答你老人家的大恩大德啊！”

“他伯啊！你在世一个人孤苦伶仃，我为你披麻戴孝……我要给你造坟立碑啊……”

悲恸的哭声旋上去，旋上去，直遏行云，又沉甸甸地落下来，所有的人都在流泪。

几个大婶拉起鸭儿妈。大家把老人抬进了茅屋。

鸭儿爹在塘边呆立着。良久，他缓缓地，颤悠悠地用铁锹挖了一块方方正正的泥土，轻轻地放在水里，好像怕惊散了老汉的灵魂……马上有人明白了他的意思，人们纷纷挥动铁锹。一会儿，水塘就被填起了一角，那柳木拐杖就被泥土紧紧地拥抱了。

清明过后，烟雨迷蒙中，这枯瘦的拐杖绽出了新芽。日复一日，年复一年，这柳树越来越茁壮、蓬勃，生意盎然。你远远望去，就像这片沉默的土地上一眼碧绿的喷泉。

如今的鸭儿已经是个大后生了。他上山砍柴的时候，发现皇陵最后的那座牌坊不知什么时候已经倒掉了。山藤蒺藜早已把断柱残壁缠得严严实实，散落四处的琉璃片缝里的草蒿也已经半人高了。因此现在再去，这古迹是永远看不到了。村民们说，宽成老汉死的那天下午，他们听到了一声轰响。他们固执地坚持说，石坊肯定就是那天倒掉的。其实你知道，那时正是春天，说不定是春雷哩。

晚钟

喷薄的朝阳升上来，辉煌的夕阳落下去，一天又过去了。张老退休已经一年多了。

退休的时候，曾有两处住房让张老挑。结果，他舍弃了闹中取静、生活方便的楼房，住到了这儿。原因很简单：这儿离他工作了半辈子的小学很近，悠悠钟声隐约相闻，就像年迈的水手听到汽笛，张老听见钟声，如闻天籁。

张老的院子里，春光正浓，一架春风，满庭春色。彤红的晚霞泼进院子，亭亭绿叶摇着，晃着，竟把夕阳揉碎了，渗下去。一条小径在繁茂的花木夹拥下伸向院门。几天前，张老在这儿把他的学生小陈送出了小院。黄昏里，小陈的身影渐渐变小，慢慢走成了一个蹒跚学步的孩子。张老看到了自己延续的生命。

市里要听课，小陈是来向当年的老师求救的。可张老并没有给他什么“实质性”的指点，只是鼓励了几句。古人王充说：“知物由学，学之乃成，不问不知。”问当然是要问的，但王充又说：“学问之法，不畏无才，难于距师。”学生出山了，你又多说些什么呢？

然而现在，张老心里还是隐隐有些担心。

当——昂——

远处的钟声响了。钟声是幸福的，温柔的。

透过屋顶，张老看见了钟声圆圆的、波动的振幅。这是放学的钟声，孙子该回家了。孙儿一回来，就能知道今天听课的情况了。

张老推开面前辍笔未就的“我之三十年教学生活”的文章，走进小院。他提起喷壶给花花草草浇水，也等着孙子小辰。

远远地，小辰背着书包回来了。张老吃了一惊，夕阳下，孙子的脸上，分明闪着珍珠般的泪珠！

“又跟谁淘气啦？”张老放下喷壶，揽过孙子。嘴里这样问着，心里却有一丝不祥的预感。

小辰蓄着的泪水伴着委屈涌出来。泪水缓缓流，张老看成了激越的溪流。

头猛地一阵晕眩。往事像子弹一样从遥远的地方疾速射来，躲闪是来不及的了。孙子哭诉着，张老明白了事情的原委。今天这节课，前面是顺利的，看来小陈做了充分的准备。讲课，提问，全都落在锣鼓点上，一切按部就班。可最后几分钟自由提问的时候却风云突变。天真好奇的小辰提出了一个“怪僻”的问题。小陈当即卡了壳。更糟糕的是，正在这当儿，下课铃就响了。这实在是公开课的大忌。小陈一下课就恼怒地剋了小辰一顿，因为这个问题并不是原先布置好的呀！可天真的孩子又怎么能够明白这些呢？人心似海，孩子只是一眼泉。

就是刚才那阵悠悠的钟声呵！张老只觉得头晕目眩，夕阳刺得他睁不开眼。幽远的记忆袭过来，逼过来，沉甸甸的。他踉跄着扶着孙子进了屋，躺下了。

小辰吓蒙了。爷爷这是怎么啦！他眼泪汪汪地摇着爷爷的手："爷爷！爷爷！"

十几年啦！恍惚中，张老当年自己"导演"的那节课历历在目。倏尔，又被幽幽地扯散了，同十几年的岁月搅成了云雾，混混沌沌……

当晚，小陈和学校的领导把老人送进了医院。人老如秋，如冬之将至，再也经不起一点风雨了。再看到张老的时候，苍老已经完全占据了他的脸，他明显衰老了。

那个黄昏，远处的钟声又响了。当——昂——

当——昂——

钟声悠悠的，幽幽的。昏花的眼睛又看见了钟声圆圆的振幅。如石击水，一圈一圈漾开来，漾开来，无涯无际。

当——昂——

钟声撞出一层层金色的圆环，是夕阳的颜色。圆环一串串荡开来，升上去，一直升到辉煌的夕阳里去了。

张老的目光追随着钟声投向夕阳，金色的夕照涂抹在他的脸上。

夕阳下，他的影子拖得很淡、很长。

残照

其时，西风吹着，夕阳坠着，倏尔溶入水面。暮霭就慢慢升上来。河边的小院已经盛了半院的黄昏了。

一个老人，扬满头鹤发，举目看看天色，一节节收好悠悠长的钓竿，立起身，转身进了小院。老人穿一身灰色的衣服，院里的黄昏就把他融没了。

晚饭业已端上了桌。一个姑娘正端坐静候。娴静就在昏黄的灯下漫开来。

并不是女儿。老人如今是孤身一人。如闲云野鹤，镇上的喧闹进不来，院里的声息也传不远。神秘就把院子笼罩了。无亲无友，却常收到从太阳般遥远的地方邮来的书和信。邮递员带来的是神秘，带走的是猜测。

吃罢了晚饭，收好碗筷。老人和姑娘走进了西房。谈起来。时光有如屋边流水，旷古皆然默默东去。

天上星星颗颗粒粒眨出来。下午一场豪雨把院子造成个蛙池。水平如镜，偶有风吹皱一院水，星星就作团团嬉戏，似那蛙鼓正是它们唱出来。

屋里谈什么，星星们不关心。镇上人也不关心。逝者如斯，好奇已付流水东去再不复回。

很久以后才有人知道，这老人竟曾是个天马行空般的作家，是个写书的。可实际到此以后，他却再也没写过。只因为，夕阳下，满纸的晚霞总是幻化成淋漓的鲜血。妻子的血，女儿的血。

西边的流水又流了半夜，屋里的灯光还亮着。孔子弟子三千，老人的学生仅此一人。不知是什么机缘，两个人结成了一个奇怪的“家”：老人把姑娘看成女儿，姑娘把老人当爷爷。

夜已很深。老人的话总也流不断。好几次姑娘想扶老人去睡，都被摇手制止了，抽刀断水水更流。

是有什么预感吧？说不清，老人今天实在有些反常。言辞里，分明透着一丝焦灼。毕竟是女性，她太柔弱啦，太缺乏自信啦。她的作品里，缺乏一股铁马冰河的气势。这曾经是老人梦寐索求的。想只想，在有生之年，出现一个契机，给姑娘的性格雕成最后的一刀。这是最后的作品啦。

那篇《朝霞》，可以寄出了。老人说。

姑娘低头羞涩不语。她读了老师很多作品。她不敢。

老人生气地站起身，吃力地去书架上拿一本沉重的书。他要让姑娘知道，她的作品，水平其实已经超过他年轻的时候了。然而就在这时，砰！老人摔倒了！

一切都发生在瞬间。还没来得及去扶，老人已经重重摔下了。静夜里，声音沉沉撞开黑夜，传出很远。

老人被扶到了床上。看着手忙脚乱的姑娘疲乏的脸上露出些许温柔。来，给我点支烟。

姑娘慌忙拿起烟盒，笨拙地抽出一支，颤着手划着火柴，点蚊香一样点着。递过去。

黏滞的夜吸进去，淡淡地静吐出来。想说什么却没说出，只是手吃力地指指桌上。蓦地，垂下来！未熄的香烟仍在指间冒着袅袅的青烟。

老人去了。停了呼吸，静了心跳，心窝渐渐凉下来。

一切都是那么快，恍若梦境。姑娘没有大声呼喊，只静静流泪。她要等天明以后，再通知镇上的人。旭日东升后，老师就将别她西去。不复回，除非梦里。

蛙虫无知，鼓噪依然。

姑娘从老人手中取下未熄的香烟，凝眸注视。青烟安详，不绝如缕。又看看桌上封好的信封，那是寄给一家有名的文学刊物的。托在手上，沉沉的。

不久以后的一个黄昏，夕阳沉下去，月亮升上来。河边的田野上，老人那座新绿点点的坟前，姑娘点着了一本崭新的杂志。轻盈的纸灰在微微的夜风中打着旋儿轻扬上升，飞向天空……

其时，月朗朗，如慈眉。

1989 年

在劫难逃

狂犬病，又名恐水病，是狂犬病毒通过狗等家畜传染的一种急性传染病。狂犬病发作时，人全身抽搐、恐水畏光，最后全身脱水而死。狂犬病毒可在人体内潜伏很长时间，几天乃至数年。

——狂犬病的定义或故事的预言

一

在这个叫作钱塘的城市里，唐汉如一叶扁舟，漂浮在污浊的大海之上。几天前，他的导师，著名的生物学家张教授撒手仙逝、飘然而去了。唐汉站在校门口，望着匆匆如过江之鲫的人流，恍若伫立于无援的孤岛之上，熙攘的市声有如涨潮的海浪冲击着唐汉的身心，他的心中充满了莫名的恐惧。声浪无形的涌动使唐汉产生了一种急切的感觉。他毫不迟疑地跨出校门仿佛跨上了此刻唯一救生的方舟。熟悉的道路两旁，霓虹闪耀的咖啡馆、酒吧、舞厅依次从他身旁掠过。不一会儿，张教授的住宅已经遥遥在望了。

走上那条熟悉的小路，唐汉心中飘满了羽毛般的温柔。先生已驾鹤西去，他只希望能和先生那清瘦矍铄的面容相对凝视，小憩身心。然而在他走近住宅的同时，他敏锐地嗅出满院清香怡人的栀子花香已经充满了一种腐败堕落的气息。往昔宁静如水的院子里没有丝毫的哀伤，刺耳的摇滚乐奔涌而来，“五条！一万！发财！和啦！”的吆喝声伴随着麻将的噼啪声使唐汉惊悚不已。唐汉寥落的心中出现了一幅惨淡的画面：他看见先生缓缓离去的背影后面，他的住宅轰然倒塌；而著名古迹“四方城”从废墟上缓缓升起，光芒四射……唐汉如高山仰止，望而却步，他呆立在院门口，凭吊着这现代古迹。

唐汉鼓足勇气抬手敲了敲院门，敲门声羞怯得连他自己也没听见。就在唐汉进退维谷的当儿，院内传出了一阵声嘶力竭的狗叫，他轻轻推开虚掩的口，那只毛色金黄的大狗呼地蹿了上来！唐汉大吃一惊。“花脸！是我！”唐汉稍一迟疑，剽悍的花脸已两次扑了上来，脖子上的铁链当啷作响！唐汉落荒而逃。

唐汉逃离张先生的住宅一路狂奔。在腾云驾雾般的奔跑中，往日静谧的生活在他身后无可挽回地飞逝而去。走上人流如潮的大街，一股晕眩的感觉再度袭来。他惊魄甫定，茫然四顾。来来往往的行人脸上挂满了和唐汉格格不入的洋洋喜气，唐汉呆若木鱼般的在人流中游动。

校门口，晚报零售点的幌子在晚风中懒懒地飘扬。小贩子嘶哑的吆喝声把唐汉牵了过去。他掏出了零钱。“特大新闻！特大新闻！人不咬狗狗咬人！”小贩眨着狡黠的眼睛把报纸递给唐汉。唐汉回到宿舍楼，发现房门的钥匙不见了。

唐汉依次摸遍了全身的口袋，他绝望地发现此刻他即使是站在X光机前身上也绝不会呈现任何一种金属的阴影。更糟的是，丢失钥匙的同时他突然忘却了自己宿舍的准确位置！年久失修的宿舍楼上所有的宿舍号码均已荡然无存，仿佛只成了唐汉头脑中的记忆。唐汉在幽暗的楼道里来回寻找。他看见有个房门上贴着一张雀巢咖啡的商标，他依稀想起这是他的邻居名叫“雀巢”的女生宿舍。那么他的右手应该是贴着意大利热狗广告的男生宿舍。唐汉如梦方醒，根据这两个参照物他断定了自己宿舍的准确位置。然而就在这当儿，“雀巢”豁然洞开，里面走出了一个身着三角短裤的男子，而这时，“狗窝”里也走出了一个妖冶的女郎！唐汉大惑不解。然而他自己的房间位于两者之间这是绝无差错的，衣着省俭的女郎放射着强烈的性感使唐汉无力正视，他下意识地瞥见了那男子的三角裤诚挚地说：“当心艾滋病啊，你这热狗！”那男士对唐汉身后的性感女郎无畏地慨然一笑，很骑士地走向厕所方向。唐汉在外因和内因的双重作用下很哲学地感到一阵内急，他跟在骑士身后走向厕所。

接下来的情景骇得唐汉目瞪口呆，他发现骑士进了“女厕所”，而性感女郎却擦身而过推开了“男厕所”的门！唐汉心如击鼓，手足无措，他想喊一声却张口结舌说不出话。女郎临进门回头冲呆若木鸡的唐汉含羞一笑。唐汉头脑里嗡嗡作响，他想，一桩流氓案就要发生了！唐汉想好戏就要开锣了！唐汉想我无力回天了！这时候一阵女性的哄笑挟着脂粉气尿臊气从“男厕所”里奔涌而来，打得唐汉两眼直冒金星！他的内急已到了忍无可忍的关键时刻，唐汉孤注一掷地冲进了“女厕所”！万幸的是里面的格局是唐汉每日三轻其身的旧貌，唐汉急切地蹲了下来，看见刚才的骑士排泄完毕冲唐汉吐出了一句意味深长的哲理：“老兄，你在徘徊彷徨之后终于找到了自己性别的归宿。”唐汉不加理会，他希望把身体里的一切腐臭统统拉光，点滴不留。

唐汉在厕所里蹲了很久。他掏出了晚报。晚报第四版的体育消息今天被整版的广告占据了。他怀着绝望的心情用三、四版清洁了身体，想了想，把剩下的一、二版也扔了。唐汉迈着麻木的双腿走到宿舍门口，“雀巢”和“狗窝”里传出了风格一致的通俗床上音响。唐汉咬咬牙，猛地用肩膀撞开了房门，一股熟悉的气息扑鼻而来。他摸索着打开了灯，把自己疲惫的身体卸在凌乱的床上，头脑里一片茫然。往昔的记忆似乎早已恍若前世。“我的报纸呢？”唐汉问自己，手向口袋里摸。就在他掏出报纸的同时他记起了刚才扔在厕所的那一张。唐汉脑际疾速闪过了报贩子狡黠阴谋的眼神。摊开报纸一看，他明白了这是昨天的旧报，报贩子没找他零钱把这过时的报纸搭配给他了。唐汉很钦佩地苦笑了一下。报纸在他手里疾速翻动，成千上万的黑蚂蚁号令统一，队列整齐，接受检阅。其中一个方阵威武不凡，气势慑人，仿佛生物学硕士唐汉的嫡系部队。唐汉游移的目光定住了：

本报讯 本市闹市区昨晚出现一条无主疯狗。据目击者称，该狗体型剽悍，毛色灰黄。目露凶光，口唇歪斜流涎。疯狗见人就咬，至发稿时止，已咬伤六人。提请广大市民注意。

唐汉散淡的双眼立即射出了鹰隼般的光芒，方才飘忽的神思嗖地被收回他体内整装待发。他想起了张先生家里的那条狗。翻脸不认人的花脸咆哮着扑上来的姿势在他心中定格了。歪斜的凶光和挂涎的白牙明白无误地告诉唐汉：花脸已经染上了狂犬病！

“你也疯了，花脸！”唐汉咬咬牙，心中一阵酸楚。

二

唐汉找到值班室的老太太，说：“师傅，给我点老鼠药。”

老太太正在看电视，剧中男女主角正要入港。她老大不情愿地站起身从抽屉里拿出一个纸包递给唐汉：“这有个屁用！老鼠越吃越胖，倒把我的猫药死了！”

唐汉心头一亮："这能药死猫？它吃了多大剂量？"

老太太怪异地盯着唐汉："你这人真怪，它吃了多少我怎么知道？！告诉你，找到死老鼠可要交给我！我要上报的。"

唐汉连声答应着，捧着纸包回到了宿舍。

宿舍里日光灯嗞嗞作响。楼上的滚石乐把唐汉的房间轰成了个大鼓。在声浪的包围下，唐汉的举动充满了阴谋的意味。他把中午吃剩的一个肉包掰开，掏出一半肉馅，扔进自己苦涩的嘴里；然后把老鼠药和剩下的肉馅拌好了，依原样捏好包子，用纸仔细地包好，藏进了口袋。

唐汉走出校门的时候，全城已是万家灯火。夜幕下，路边的霓虹向他飞来挽留的媚眼，唐汉无心旁骛。他义无反顾地直奔张先生的住宅。面对大门紧闭灯火通明的院子，唐汉侧耳细听。他从喧嚣的音乐中辨出了花脸低沉的哼吟。他的恻隐之心刚一露头就被坚定地按捺了下去。他抓着肉包子手猛地一挥，一道白色的弧线在排空而下的声浪中逆流而上，啪地落在院内。花脸发出了贪婪的欢叫，艰难地吞食着它最后的晚餐。接着唐汉又扔出了一个小纸团。做完这一切，唐汉毅然决然地转身离去了。

明天，张先生的子女们将骂骂咧咧地发现花脸的尸体和一个小纸团。上面写着这么两行字："狗已发病，必须处死。狗尸应就地挖坑，石灰烧煮深埋，以防病毒扩散。"署名是：

钱塘卫士。

三

从当天夜里开始，唐汉就开始了对那条丧心病狂的疯狗的追踪。

唐汉在人迹稀少的大街上搜寻。午夜时分，天空飘起了小雨，因此身穿雨衣的唐汉戴着大口罩白手套，并不引路人侧目。他追踪的唯一线索就是那张过时的晚报，为了避免误入歧途，唐汉在市中心的报廊那儿认真研究了当日的报纸，最新的报道提醒唐汉那条疯狗今天的作案地点是本市中心小行宫。因此唐汉必须尽快赶到那儿，唐汉雨衣的袖筒里笼着一根锐利的钢筋，沉甸甸的分量无疑使他心中充满了神圣的使命感。

雨越下越大了。唐汉在小行宫路口停住了脚步。他急需向路人打听那条疯狗的行踪。然而街上阒无人迹。他试图在路上找到一丝血迹之类的蛛丝马迹，然而他立即打消了这个念头。虽然这个城市以环卫差而名扬天下，但这场雨肯定已将一切罪恶全部冲洗干净了。在他急切的盼望中对面并肩走来了三个少女。纷扬的雨水中她们的脸上浓艳的晚妆被冲刷得十分惨烈，仿佛世界奇案的最后线索，又好像并列开着三家竞争激烈的颜料铺子。唐汉刚想上前搭讪，不想中间那个忽然领头扬声道：“八十年代搂着走！”三人齐声喊：“九十年代骑着走！”唐汉呆呆地站在雨中，三个少女揶揄地哄笑着走远了。唐汉的雨衣被雨水打得啪啪作响，他突然感到了一阵莫名的恐惧。他知道这恐惧绝不是源于孤独，而是实实在在的对漫天雨水的恐惧。哗哗的雨声使唐汉喉头发紧，干渴异常。混沌的天地对他形成了巨大的威胁。他逃命似的朝远处一家明亮的饭馆奔去。

饭馆里食客满座，喧闹的景象真像是此刻全世界所有的人都在饭馆集合了。唐汉好不容易找到一个空座，刚要坐下，桌子底下突然探出了一个硕大的狗头，威胁地冲他龇牙咆哮。唐汉大吃一惊，他后退一步，右手有力地唤醒了袖筒里的钢筋。这是一条杂种黑狗，它鲜红的舌头蛇信般妖艳，直指唐汉，黑狗的咆哮并没有打断食客们的饕餮大嚼，倒是引得它的同类纷纷从桌下探出了各式各样的狗头。唐汉放弃了坐下小憩的念头。他在食客们的讥笑中退着走到门口，在柜台那儿要了杯冰啤酒。唐汉端起杯子解嘲地冲柜台小姐笑笑："狗在开 Party 啊！"柜台小姐冲他翻个白眼。唐汉巡视着争食的狗们，他发现其中以本地土狗为多，也有出口转内的哈巴狗，甚至还有两条本地土狗与德国牧羊犬的杂种，它们个个膘肥体壮，毛色高贵，这使落汤鸡似的唐汉产生了自惭形秽的自卑。然而他知道自己责无旁贷，他有义务提醒这些狗的主人们，"你们——"唐汉嗓音沙哑，喉咙里还奇怪地发出了"嘟"的一声鸣叫："你们要当心，本市正在流行狂犬病！这是不治之症！"唐汉话音刚落，立即激起一阵哄笑。狗们的目光齐刷刷地敌视着他。"神经病！"柜台小姐鄙夷地骂道，"你快喝，不喝我倒了！"唐汉端起啤酒杯，嘴唇刚刚感受到冰啤酒的凉气，一股不可遏止的痉挛便从喉头贯身而下。他的双腿哆嗦不止。唐汉砰地扔下杯子，返身逃上了大街。

雨已停了，然而湿漉漉的空气依然不容许唐汉在雨后的街上多停留一刻。他追寻着自己的记忆，他自己也不明白自己究竟从什么时候开始对水产生了如此莫名的恐惧。可以肯定的是，从下午到现在他滴水未进。他隐隐感觉到在对疯狗追踪的同时，他似乎也同时在逃避着什么。现在他必须迅速找到一个栖身之所，目前的体力已经不容许他继续追寻。他只能从长计议。唐汉调集了全身最后的余力向小行宫长途汽车站走去。

四

车站里灯光暗淡，候车室空空荡荡的。长椅上睡着几个流浪汉。唐汉把雨衣裹紧了，躺倒在长椅上。黑暗中，他的心脏急剧地搏动，牙齿颤颤作响。黑暗里这声音显得十分瘆人可怕。混沌中他沉重地坠入了一个冰冷的地窖里，直到凌晨早班车发车的轰鸣才把他惊醒。

这是更为艰难的一天。唐汉竭尽全力从椅子上爬起来。仅仅一夜之间，他几乎形销骨立了。他清楚地意识到，他正发着高烧，十个指头也明显地瘪了下去：这是脱水的症状。“我快病倒了吗？”唐汉责问自己。“我的二十六岁的躯体，你不能撒娇！你必须载着我的信念追上那条疯狗，然后杀死它！除此以外你别无选择！”

他试图站起来。刚一用力，一阵波及全身的痉挛击倒了他。他死鱼似的张嘴喘着气，跌坐在椅子上。他敏锐的听觉捕捉到了远处传来的广播声：

本台消息　本市前天出现的那条疯狗昨天夜里又在小营作案。至本台发消息止，又接连咬伤十二人，今天凌晨曾有一进城卖菜的老农用扁担同疯狗进行过搏斗。老汉也被咬伤了手臂。有关方面提请市民注意自卫。

唐汉的耳朵里嗡嗡作响，他感到了刻骨铭心的自责。他的心中充满了对卖菜老汉的钦佩和羡慕。“我一定能够找到它！”他定定心，捕捉着播音员继续播送的消息：

另据报道，本市各医院至今已收治被疯狗咬伤的病人三十一人。本市畜牧场和动物园也已发现疫情……

唐汉神思恍惚。他看见那条丧心病狂的疯狗正幽灵似的向前流窜。它强悍的身影好似人体内的癌细胞，奔突在城市的血管里。疯狗身后，瘟疫四处扩散。它坚定地狞笑着营造着一个荒凉的死城！唐汉干涩的眼睛冷漠地注视着这个城市在纵欲的高潮中轰然倒塌的景象。唐汉提醒自己，他无力挽狂澜，但他有心杀狗！他用干枯苍白的手指在地上画出了一条轨迹：

市中心——小行宫——小营……

按照曲线的走向，唐汉断定疯狗的下一站将是石子冈。他必须迅速抄近路赶到目的地。只有超前行动，他才能够不辱使命。

五

日近中天的时候，唐汉循着浓烈的臭气第四次走进了厕所。频繁的呕吐把他的胆汁都抠了出来。他的脸小了一圈，头发和胡子却嚣张地蓬勃开来。他走在大街上，依然一身雨天的装束，在这干燥燠热的天气里显得十分醒目。白手套，大口罩，人们都看着他，他不看人们。双臂摆动的时候，他发觉左臂已经麻木了。他渴望坐下歇一歇，如果能够倒在自己的床上美美地病一场他也死而无憾了，然而此刻他距离学校已经十分遥远。在这个百万人口的城市里，没有人注意到有个形容枯槁的人正固执地追杀着一条罪恶的疯狗。想起在昨天的夜风中告别宿舍的那一刻，他的心中充满了“风萧萧兮易水寒，壮士一去兮不复还”的悲壮。从今天清晨开始，唐汉开始了剧烈的头痛。嗡嗡营营的市声仿佛挟带着无数碎玻璃在头脑里滚动；城市炫目的五光十色的有如蛇信般的光亮在他头颅里电弧似的刺痛。他的大脑胀痛欲裂，只有坚强的信念傲立于思维的深处指挥着他的行动。临近石子冈，唐汉感觉到：快到了！离那条恶魔似的疯狗已经不远了！在他的幻想中，那条疯狗仿佛是这个城市一个阴险的妖怪，它在地层的深处听到了某种神秘的咒语，精变而出。它一路伤人，播撒着罪恶的病毒，所向披靡。他必须将精心磨制的钢筋刺向它的心脏。

石子冈的醒目标记是一根高耸入云的烟囱。越近目的地，唐汉的脚步越发艰难。他步履维艰，踉踉跄跄向前移动。身旁的人流急匆匆向烟囱下奔过去，把唐汉抛在身后。唐汉远远地看见人群围拢在石子冈街头，形成了一个巨大的圆圈。人圈不断加厚。唐汉此刻已如坠云雾之中，他头脑里唯一的那根健康的神经被一阵欢乐战栗的狗的哼哼声激活了。他预感到，找到了！我终于追上你了！唐汉体内胀满了力量。他用肩膀拱开一条通道挤到了前面。他呆住了：那条灰黄色的疯狗正趴在一条黑色的母狗身上作乐！唐汉喉头发急，恍若伫立于广阔的荒漠之上。一天一夜的追踪，延续数十公里使唐汉身心交瘁，而这条疯狗仿佛电影中的风流杀手，竟在光天化日之下淫乱作乐！唐汉疲惫的心脏被一阵巨大的悲愤淹没了。

围观的人群兴高采烈，喝彩声声。有人攥紧拳头叫着加油。“它不行了，谁上啊！”有人搭腔，“你上吧！黑种美人哩！”两人马上就打起来了。人群立即分成了两圈，色情和武打各取所好。唐汉趁人群重新组合的空隙，猛地蹿到了疯狗的旁边，他袖内的钢筋嗖地蹿了出来，唐汉用他最后的力气，猛地捅进了疯狗的心脏。疯狗受到这致命的一击，立即从母狗的背上翻落下来，在地上抽搐不已。它垂死的目光死死地盯着唐汉。留在它罪恶生涯的最后一幅图景是一个头发蓬乱、身材细瘦的男子惨淡的面容。受惊的母狗拖着公狗的死尸团团打转，唐汉抽出钢筋再次刺向惨叫的母狗，母狗突然挣脱，身体嗖地蹿出人群。唐汉扑了个空，一头扑倒在地上。在疯狂的痉挛中他昂起自己的头，他看见那条母狗带着罪恶的种子逃之夭夭，消失在城市的腹地。

唐汉好像离水的鳝鱼在地上不断地扭动抽搐。在他将熄的幻想中，他仿佛又回到了他在洁白的实验室所度过的幸福时光。他的身心恍若被包围在一团温润的绸缎中，轻盈舒适，在幽暗的记忆深处，一丝锐利的刺痛划破了绸缎的拥抱：几年以前，在解剖一具狗尸时，他的手指曾被划过一刀。一切早已无可挽回。

六

在这个叫作钱塘的城市边缘，一群人围成了一个巨大的花环。花环中央，躺着一条死狗和一个抽搐的人。

远处，一群信鸽冲天而起，盘旋在城市的上空。它们看见了一个故事的结局或另一个故事的开始。

1990 年

鼻　血

孔阳参加院运会的5000米比赛，完全是桑撺掇的结果。孔阳很清楚，桑肌肉发达，精力充沛，天天长跑不辍，这个冠军非他莫属。5000米的距离路途漫漫，能坚持跑完全程的不多。雄姿英发的桑需要一个实力恰当的陪衬人：这显然是个阴谋。但孔阳还是很爽快地报了名。岚问他："你行吗？"孔阳笑笑。如果说报了名后孔阳还有一丝后悔，这会儿他却说："我怎么不行？"他说："你就等着瞧吧！"

5000米比赛是这届田径运动会的压台戏。桑在整个赛程中几乎一直一马当先，尽领风骚。孔阳始终较着劲儿咬住不放。剩最后一圈的时候，场上只剩下六个人了。也就是说只要能坚持到最后，个个都有名次，区别只是名次的先后。桑加快了步伐，很显然，他有点慌了，因为孔阳这时已经几乎与他齐头并进。孔阳看见看台上的同学全站了起来，潮水似的声浪滚滚而来；岚正使劲挥舞着太阳帽，孔阳根本听不清她在喊些什么，但他被汗水刺得火辣辣的眼睛却准确地接住了岚抛过来的飞吻。进入最后的

100 米直道的时候，孔阳已经追上桑并同他并驾齐驱。这时桑射来了一道无可奈何甚至是怨恨的目光。孔阳毫不理会。他血脉偾张。他似乎已经清楚地看见自己站在高高的冠军领奖台上向观众振臂欢呼的情景。然而就在这时，孔阳干得仿佛在喷火的鼻孔忽然蹿出了某种冰凉的东西。紧接着他疾速摆动的手臂上就落上了几滴鲜红的血迹。孔阳顿时乱了阵脚。他立即用手捂住了流血的鼻子，很滑稽地单手摆动着踉踉跄跄冲向了终点。远远望去，类似于一个单手划水的溺水者。在孔阳冲过终点以前，终点线已经牢牢地缠在了桑的脖子上。

孔阳张着大嘴沮丧地站在终点附近的跑道上。他的脸上灿若红霞，白背心上也染上了一片红云。两个校医提着药箱飞跑过来。他们手忙脚乱，一时无法断定究竟哪个鼻孔在流血，索性用药棉把两个鼻孔全堵上了。孔阳此刻恨不能七窍通气。他看着被拦在栏杆外急得直跺脚的岚，心中一片茫然。这时候他发现冠军桑正气急败坏地把终点线往下扯。桑满身大汗，白带子像条恶毒的长蛇缠在他脖子上不肯下来。好不容易解下来后，孔阳看见桑漂亮的脖子上被拉出了一道血红的口子，同鼻血性质相同的红色液体正汩汩地渗出来。孔阳想，这个骄傲的脖子上肯定会落下一道疤痕，就像被旧社会的鞭子抽过一样。多谢你了，冠军！孔阳早已心平气和，这时候他的鼻血也已止住了。

当天晚上，月上柳梢头。孔阳如约来到了图书馆的后山上。在幽暗的灌木林深处，岚已经在那儿等着了。四月的夜晚天气乍暖还寒，岚穿着一身白色的羊毛套裙。淡淡的晚妆把她的美丽强调得使孔阳几乎不敢相认。岚说："你的鼻子怎么啦？"孔阳满不在乎。"没什么，"他说，"早好了。"他在地上铺好一张报纸，坐了下来。岚迟疑着。孔阳说："这是新报纸，很干净。"岚小心地挨着他坐下了。两人不再说话。黑暗中，孔阳嗅到了一丝发香。他的心剧烈地跳动起来。他猛地搂住了岚温软的身体，嘴唇同时贴了上去。这是孔阳独自预演了无数次的场面，今晚终于梦幻成真。岚的柔顺令孔阳心荡神怡，浑身战栗不已。他想象着岚丰满娇柔的身体，他自己身体的某一部分立即激起了疯狂的反应。在销魂蚀骨的长吻中，孔阳首先感到一股温热的液体鼻涕一样滑了下来，然后他怀里的岚猛地挺直身子，惊叫了一声。孔阳惊恐地瞪大了眼睛，如有一盆雪水贯顶而下。他看见岚的脸上涂满了惨烈的红颜色，岚恐惧的表情仿佛电影中被死神追踪的少女。就在他目瞪口呆的当儿，岚身上那昂贵的羊毛裙已经无可挽回地被洒上了一片血迹。孔阳慌忙捂住鼻子，但为时已晚，岚已经哇地哭着跑走了。孔阳呆立于树影扶疏的月色之下，他撕下报纸的一角卷起来塞进鼻孔。不一会儿刚才的一切就已恍若梦境，泉涌的鼻血也奇迹般地止住了。

从此以后，岚同孔阳形同路人，因此，这个故事事实上与爱情无关。

自从与岚分手以后，孔阳心灰意冷。除了某次丰盛的聚餐上，他的鼻子很留面子地淌了几滴血以外，可以说再没有同他捣过蛋。孔阳像只把头埋在沙堆里的鸵鸟，一头扎进了书本，因此对两年一度的六级英语考试孔阳可以说成竹在胸。考卷一共15页，前14页他只花了60分钟就全部做完了，而且他自信做得很好。最后一题是一篇非常艰深的英文，讲的是一个名叫约翰的冒险者的故事，要求把它翻译成中文。真正的分量全在这上面。孔阳粗略地浏览了一遍，然后仔细推敲着。他知道这一题至关重要，能否获得高分甚至能否通过这次考试，全在于这道题的成功与否，而这次考试的成绩对他今后的前途无疑有着深远的影响。孔阳紧张地在头脑中的词汇库里搜寻，几个难点正被逐一攻克。但原文中最为晦涩同时也最为关键的一个短语却仍然狡猾地躲着他，几次似乎伸手可及却又稍纵即逝，不知去向。孔阳的太阳穴急剧跳动，似乎啪啪有声。就在他头胀欲裂的当儿，孔阳心头一亮：他终于捉住了那个短语滑如泥鳅的身体。他大喜过望，文思如泉。他的笔尖在洁白的纸上精灵般的舞蹈。最后，他的笔定住了，好似一个潇洒的亮相。孔阳长松一口气，笔尖那儿好像也疲惫地洇出了一摊墨水。然而他马上就发现不对劲。滴滴答答的液体不断地滴在纸上，连绵不绝。他惊呼一声下意识地捂住了鼻子，但是不行，鼻血顽强地钻出指缝长流不止。孔阳这时才想到应该移开考卷，但他绝望地发现考卷的最后一页已被染得面目全非无法辨认了。这时候监考老师已经在催促交卷。这意味着孔阳在心底酝酿已久企图在这次考试中出人头地的梦想事实上已经被摧毁，仿佛在海浪的冲击下坍塌的沙器。即使勉强通过了，也只能淹没在众多考分平平的同学当中，这同孔阳的梦想相距遥远。

孔阳从医院回到宿舍，一直处于神思恍惚的状态之中，他草草吃了晚饭，躺到床上，不一会儿就坠入了一个噩梦翩跹的黑夜。一个白色的影子伸出它冰凉的触角缠住了孔阳的左手腕。孔阳仿佛被浸泡在某种滑腻怪异的涎液之中。半空中传来了一阵苍老幽远的声音："脾呈于唇，心呈于面，肾开窍于耳，而肺主鼻。肺内虚燥，肺火上延则灼伤血脉，而致鼻衄。故而孔子曰：君子不忧不惧。死生有命，富贵在天。无欲无求，不疾不徐，是为化境。"白影的话语字字如石，垒在孔阳的身上，他努力张大嘴声嘶力竭地喊着什么，声音连绵起伏形成冲击波，却又立即消失得无声无息。在一片黑沉沉的旷野上，白色的影子幻化成父亲的形象。孔阳似醒非醒，他看见一个陌生的少年满脸血污，得意洋洋地接连打倒了好几个孩子，其中包括村上臭名昭著的"小霸王"。英勇的少年扭头冲父亲炫耀地一笑，却招来了父亲迎面而来的一拳！一股腥热的液体顿时如泉而涌。迷蒙中，孔阳大口吞咽着清凉的鼻血，这给他干燥的嗓子带来了一种妙不可言的感觉。孔阳彻底清醒过来，他一个鲤鱼打挺坐起了身，撩起枕巾蒙在脸上。然后他光着脚丫冲进了水房。

第二天晚上，孔阳像只受了伤的狮子一头撞进了空荡荡的宿舍。他的脸上挂满了肆无忌惮的血迹。路上的行人幸灾乐祸地看着他，好像观赏着一个情场失败的流氓。刚才，在灯火通明的阶梯教室里，德高望重学富五车的老先生正娓娓而谈。虽然昨夜的噩梦使孔阳心力交瘁，但他还是来了，因为他想报考老先生的研究生。然而不久老先生的报告就被桑不怀好意的挑衅打断了。老先生正讲到得意处，显然很不高兴。他礼貌地欠欠身，请教桑的尊姓大名。桑瞥一眼身边的孔阳，竟然厚颜无耻地大声说：“我叫孔阳，是中文系的！”孔阳蒙了！他像被人当头打了一记闷棍。周围的同学态度暧昧冲他哂笑。孔阳怒不可遏，腾地站起来，一把揪住了洋洋自得的桑的衣领。堆在桌上的笔记本和字典稀里哗啦散落在地上。孔阳热血鼓荡，然而没等他做出反应，一直阴险地躲在暗处的血液急不可耐地从它们熟悉的通道冲了出来！他的脸上立即绽开了一朵绚烂的鲜花。听众们哄堂大笑，教室里顿时大乱，仿佛正在欣赏一个逼真的特技镜头。孔阳把桑面前的书本哗地拂在地上，冲出了乱成蛙池的教室。

此刻孔阳呆立在宿舍当中，任鼻血疯狂地流淌着。虽然他企图强压怒火，但他无法压抑癫狂的心脏，除非他立即就死掉。他站在墙角的镜子前，镜面起伏不平，沾满水汽。他看见在变形的镜子中，自己的身影仿佛一棵怪诞的老树，树的顶端盛开着一簇奇异的鲜花。在镜子深不可测的深处，往日的经历尖声呼啸着鱼贯而来。孔阳在他倒地以前的最后时刻，攥紧他苍白枯瘦的拳头，冲面前怪诞的世界打出了一记漂亮的勾拳。他的面前顿时一片璀璨。

1992 年

阿蒙走进传说

一

那年秋天，芦舟的孤儿阿蒙失去了他的最后一个亲人。奶奶的死无疑割断了他和故乡的最后一丝牵挂。在那段恍惚的日子里，流传在故乡的那些妇孺皆知的传说逐渐清晰明朗起来，仿佛在秋风的梳理下日渐疏朗的芦苇。奶奶健在的时候，她的讲述从来都是语无伦次甚至前言不搭后语的。阿蒙一面干着十几岁的少年醉心沉迷的那些事情，一面漫不经心地听着。然而奶奶离去后，阿蒙很快抓住了传说的脉络。他理解了奶奶在叙述这个传说时那种心驰神往的表情。

二

这是一个被百里芦苇环抱的地方，形如小舟。多少年来，一直在芦苇荡浩渺的风浪中飘摇。芦舟人代代相传的传说中，在芦荡的尽头也有一个村庄，那里的人都是芦舟英雄张如传下的后代。在莽莽苍苍的芦荡中，隐藏着无数足以致人死地的沼泽和各种凶猛的怪兽；更为可怕的是生生不息、弥漫芦荡的黑色毒瘴。多少英雄好汉闯入芦荡都如泥牛入海杳无音讯。因此在现在的芦舟居民中，已经再没有人敢于涉足芦荡，进入芦荡成了芦舟人自杀的最有效的方法。就连最勇敢的渔人也只能在芦荡的边缘游弋；那些偷情私奔的男女宁肯冒着束手就擒、棒打鸳鸯散的结局也决不肯冒死深入芦荡的腹地。在人们世代流传的口碑中，孤胆英雄张如在无数曝尸芦荡的失败者的衬托下，愈发伟大，令人肃然起敬。十五岁的阿蒙正是崇拜英雄的年龄，奶奶死后，他把孤寂中狂热的激情全部投进了对这个传说的寻访和考证。在传说的脉络日渐清晰之后，令人困惑的迹象出现了：他发现这个大同小异的传说有很多不同的版本。其中最重要的区别在于在大多数人的讲述中，它的主人公是个名叫张如的汉子；而另一部分人则固执地坚持说横穿芦荡的英雄称号应该属于张如的儿子张亮；还有一些人却哂笑着说这个故事纯粹与张家父子无关，因为张如闯入芦荡后仅三天就断了一条腿回来了，是个多情的渔家女子救了他，后来他们生下了张亮；而张亮那年是竖着进去躺着出来的——他周身溃烂，死了。真正成功地横穿芦荡的是个双耳失聪的聋子，他的名字叫李如亮。随着调查的深入，阿蒙渐渐对人们各执一端而又叨叨不休的讲述失去了兴趣，因为没有人能够提供芦荡内的真实情况。至于究竟是谁完成了横穿芦荡的伟业，这对阿蒙事实上已经失去了意义。

三

阿蒙离开芦舟是在一个初秋的夜晚。在告别故乡的前几天，阿蒙完成了他横穿芦荡的各种准备工作中最为重要的一项。他需要一条小船。芦舟人对芦荡的畏惧使阿蒙几乎没有费任何周折就用祖传的老屋换来了一只木船。没有人不认为阿蒙用祖祖辈辈安身立命的房产去换一口惹祸的活棺材，是个极其愚蠢的败家子行为。在那个星月无影的晚上，阿蒙跳下小船爬上河岸，在奶奶萧瑟的新坟前点着了厚厚一叠纸钱。在火光的映照下，阿蒙在坟前挖了一个深深的大坑，把从祖屋移来的一棵柳树栽了下去。这本应该是清明的工作，阿蒙指望生命力顽强的柳树能代替他长久地陪伴奶奶。阴森的旋风在坟前盘旋，纸灰轻扬，飘向黑沉沉的天空和水声激荡的水面。阿蒙抖一抖落满全身的纸灰，跳上了他颠簸的小船。他用竹篙一点河岸，操起了双桨。在哗哗的水声中，阿蒙对奶奶肃立的坟头投去了他告别故乡的最后一瞥。十年以后，他再次回到阔别的故乡的时候，拍岸的浪涛已经把奶奶的坟墓和那棵柳树冲得无影无踪了。

四

阿蒙横穿百里芦荡花了整整一个秋天和冬天的时间。当枯瘦的芦苇泛出新绿的时候，阿蒙终于成功地抵达了那个叫城堡的地方。

那个肃杀的秋冬啊!

五

在踏上城堡土地的最初日子里，阿蒙孤独地生活在异乡人诧异的目光中。整整半年的沉默，使得他几乎忘却了故乡的语言，其实即使不忘却，他也无法同异乡人沟通，因为两地不但乡俗不同，而且语言迥异。这不由使阿蒙对故乡芦舟的那个传说产生了深深的怀疑。后来更使他迷惑的是，在城堡也流传着一个同故乡相似的传说。只不过传说中横穿芦荡的不是芦舟人而是城堡人。城堡人认为，芦荡对面的那个地方生活的人全是当年城堡英雄的后裔。

阿蒙在异乡生活了九年，第十年秋天来临的时候，阿蒙告别了城堡。

六

阿蒙的小船驶出了芦苇荡。他首先发现奶奶的坟地在扑岸的浪涛侵蚀下已经荡然无存；十年前那个秋天的夜晚栽下的柳树当然也已随水而去了。在一年一度的春风蛊惑煽动下，芦荡已经无可挽回地把故乡芦舟侵占得更为窄小。阿蒙爬上河岸，把船桩深深地踩进土里。他走在熟悉的小街上，不一会儿很多人就注意到这里出现了一个带外地口音的陌生汉子，但没人知道他就是当年十五岁的阿蒙。阿蒙在小饭馆里坐了不久，他的身边就簇拥了很多故乡的闲人。他们热情地请阿蒙喝茶，炫耀地讲起了芦舟那个著名的传说。就像当年听奶奶的讲述一样，阿蒙啜着茶漫不经心地听着。突然他惊悚地瞪大了眼睛——他们说，那个传说中横穿芦荡的英雄名字叫阿蒙！

——他真的叫阿蒙？

他不叫阿蒙叫什么？！回答是异口同声的。芦舟人惊诧于陌生人无端的怀疑。他们简直有点愤怒了。他们说：阿蒙是个真正的英雄！芦舟对面的人全是好汉阿蒙的后代！

——那个英雄不是叫张如张亮或者是李如亮吗？

——狗屁！芦舟人不屑地嗤之以鼻。他们不容置辩地讥笑陌生人的孤陋寡闻。

阿蒙神思恍惚地唯唯着离开了饭馆，走向他泊船的河岸。他绝望地发现，他的小船早已被河水打得不知去向，只有船桩在地上留下了一个深深的大坑。遥想十年前那个凄清的秋夜，他在告别故乡只身深入芦荡的同时，也不由自主地走进了故乡那个不可捉摸的神秘传说。夕阳之下，阿蒙放眼望去，眼前只有浩浩荡荡不再神秘的芦苇荡。

1993 年

萍踪刀影

一

四十多年后的今天，城堡早已荡然无存了，虽然这地方依然叫作城堡。假如你是个寻访古迹者，企图在这个地方找到一小段断壁残垣，哪怕只是几块蕴含古意的碎砖烂瓦，也只能是个不切实际的奢想：也就是说，城堡只是徒有其名了。现在的城堡，是个有百里芦荡环抱的和平小镇。在疏星朗月之下，面对黑沉沉的浩浩芦荡，你很可能会把夜风中芦苇的飒飒声响误听为旌旗的招展，或许黑魆魆的河水还会悄悄送来一阵阵类似于血腥味的植物腐烂的气息，然而大概也仅止于此了。在现在的城堡人心中，历史早已缈如云烟了。燕赵多慷慨悲歌之士，这个苏北小镇难道真的出过杀人越货的强盗响马吗？可如果不是这样，这个地方又何必叫作城堡呢？

你如果有幸找到那个浪迹四乡、萍踪漂泊的收废品的老头，你当然可能会不虚此行。要找到他，你本可以去拜访镇西头那个打铁的汉子。只是可惜得很，打铁的汉子现在有些痴呆了；收废品的老头也早已不知去向。如同没有人能看清草木的生长一样，你当然也无法洞悉历史隐藏的根须，但你不必沮丧，因为根须总有破土发芽的地方。

二

那天傍晚，镇西头的集市早已散了。铁匠那天的生计很不好，因为收废品的老头已经好几天不送废铁来了。昨天铁匠就让徒弟回了家，只卖些打好的农具。铁匠心里骂骂咧咧地上了床，盘算着明天再没原料，他就只好自己在门口挂个收购牌了。就在这时，一阵熟悉的脚步声过来了。

老头风尘仆仆，一副身心疲惫的倦态，但是他眼中那种奇怪的神色却使铁匠感到陌生。老头的担子一落地，铁匠马上迫不及待地打量了一眼，立即大失所望了：除了一把快锈烂的铁器，几乎空空如也。铁匠说："只够打一把锄头——你还不如不来。"老头说："你打个香炉吧。别打锄头。"铁匠火了："那不一样？反正顶多打一样！"老头说："打个香炉好。"铁匠说："你站着说话不腰疼，香炉要铸，我不会。"老头从筐里拿出铁器，一手托一个。铁匠这时才看清了，这是两把锈迹斑斑的大刀。老头说："你明天就把它们化了，做香炉。"他的语气坚定，有一种不容置辩的力量。铁匠懒得再搭理他，上床钻进了被窝。老头迟疑着欲言又止。“我老了，这生计以后是做不动了。”老头嘟囔着走进了夜色。

半夜里，熟睡的铁匠被一阵叮叮当当的声音吵醒了。蒙眬中铁匠心里想，他妈的，该养只猫了。他摸起一只鞋子扔过去，却激起了一阵更为刺耳的声响。在屋后芦苇荡的呼呼风声中，铁器的撞击有一种神秘阴森、杀机四伏的气氛。铁匠这一夜睡得很不踏实。叮叮当当的声音似乎一直企图撞进他的梦境。在他断断续续的梦中，仿佛有两个黑色的身影在空中挥刀厮杀。后来，困乏把他严严实实地包围了。

三

第二天清早，睡眼惺忪的铁匠起来的时候，周围的集市早已开了张，熙熙攘攘，一片嘈杂。他把卖剩的农具摆在门口，坐着发呆。为两把十来斤重的破刀开膛生炉确实划不来，但今天生意很清淡，这么坐着也真是无聊。

他懒洋洋地生好了炉火。他指望老头今天还会送些废料来。

铁匠在一片乱哄哄的市声中漫不经心地把两把锈刀放进了炉膛。捅火的时候，他发现右手不知什么时候被划开了一道口子，鲜血直流。铁匠把伤指放在嘴里吮吸着，左手拉着风箱。他奇怪锈成了这样的破刀怎么还能划破他长满老茧的手。通红的炉火中，锈刀噼啪有声，厚厚的铁锈飞溅脱落。不一会儿，锈刀被炉火烧得通红，宛若初生的婴儿。铁匠看看火候差不多了，把它们一起夹出来，放在铁砧上使劲地煅打。然而不久他就发现，他的努力完全是徒劳的：两把刀在铁锤的打击糅合下逐渐变冷，却无论如何不能黏合在一起。铁匠怪异地注视着雪亮的铁砧上渐渐发暗的刀，茫然不解。他气哼哼地把它们夹起来嗵地扔进水桶，嗞一声，腾起两股水汽。铁匠心想，老头来了就把这俩鸟东西扔给他。

铁匠此刻的心情如同水桶上经久不散的水汽一样混混沌沌。他把皮围裙解下来扔在地上，抽着烟坐着发呆。他看到阳光照在倚在水桶边的两把刀上，发出一种蓝幽幽的光芒；手指上的伤口在他心里引起一阵空洞幽远的痛感，连绵不绝。直到那边的争吵愈演愈烈，终于简化成两个汉子的厮打，他才站了起来。当围观的人群中冲出一个怒气冲冲的汉子直奔他的铁匠铺时，他开始有些惊慌了。

那汉子身材粗壮杀气腾腾，高声叫骂着一把撩起水桶里的一把大刀，呼呼挥舞。嗖嗖的风声使铁匠头皮发紧，张口结舌。汉子扑向对手，对手灵巧地闪过后，飞步上前一把推倒拦在水桶前的铁匠。铁匠爬起来的时候，灵巧的汉子早已把另一把刀操在了手上。

以后的情况铁匠已经无法追忆了。他只记得两把钢刀精灵般地飞舞撞击。先是传来叮叮当当的撞击声，后来听到的就是钢刀划破衣衫的声音了。魂飞魄散的铁匠再度清醒的时候，四周早已一片寂静。他看着躺在血泊中的两个汉子，看着扔在地上沾满血污的钢刀，颓然倚在墙上，长叹一口气，竟然产生了一种身心交瘁后的轻松感。

几十年来，包括铁匠在内的所有城堡人，这是第一次目击一场血腥的厮杀。人群立即作鸟兽散。

四

从昨晚收废品老头送来这两把锈迹斑斑的大刀开始，铁匠平静如水的打铁生涯事实上已宣告结束。作为血案的当事人，他无论如何脱不了干系。他用水泼灭了奄奄一息的炉火，锁好屋门，坐在门口等待着对他的拘捕。回想昨晚到现在的经历，铁匠如坠云雾之中。闻讯赶来的收废品老头一出现，铁匠如梦方醒。他用一种仇恨的目光癫狂地逼视着老头。老头神色慌张地在铁砧周围团团乱转。最后，铁匠操起了铁锤。

老头说："这是命！伙计。不能怪我，也不能怪你。这是命。"

"你先听我讲一讲，然后凭你处置。"老头急切地说。他捡起两把沾满血迹的大刀，举到铁匠面前。在明亮的阳光下，铁匠这才注意到，两把刀的刀柄上刻着两个几乎无法辨认的名字。

"这两把刀不是寻常之物。它们分别属于几十年前我们这儿两个赫赫有名的好汉。他们恩恩怨怨几十年。自从各自的主人死后，这两把刀一直四处流落。几十年来我一直留意着它们的踪迹。多少次我感觉到它们近在眼前，却又稍纵即逝。直到前几天。

“它们在人间萍踪漂泊几十年，总有一天要碰在一起的。”老头的声音充满了一股苍老悲凉的感觉。

铁匠听着老头的话，一声不吭。他的耳边响起了昨夜黑暗中叮叮当当的铁器撞击声；他仿佛看见两把大刀闪着幽蓝的光芒在空中精灵般地飞舞，划破对手的皮肉，发出欢乐的鸣叫。他手里一直警醒着的铁锤颓然落地，躺在地上厚厚的铁屑里。

1993 年

水底，先于我们出世的龟

劼死了，得的是血癌，只三个月就形销骨立，后来就死了。

劼死以前。他的神志非常清楚，可以说比没病以前还要清楚。往事如烟，这件事却如一根烟囱。在他的脑海里，他始终没能抹掉这几行断断续续的漫漶的字迹：

同治十二年河决……人为鱼鳖……乡绅张……放生

光绪……匪患……遂平……乡人捐银购放

民国十一年竹泓乡民张长高家走水幸不致难遂放生以还愿

这几行字如符咒，如呓语。虽为绿苔所盖，仍依稀可辨。字迹的背景是一幅斑驳陆离的网格图案。

那是个下午，夕阳未坠。残照给秋后的原野上了一层金的光泽。鸟儿归飞，投入竹林，恍若梦境。劼心情愉快。他手执鱼竿，独钓于阴阳河边，逆着夕阳看过去，劼仿佛是一幅精致的剪纸。

竹泓盛产适于制作各类钓竿的竹子，但喜欢钓鱼的人很少。那天的阴阳河边，劼是唯一垂钓的人。劼的鱼竿下面是微波不兴的河水，在夕阳的照耀下，水面上简直像结了一层冰。劼显然已经等了一会。他抬起鱼竿，看了看钩上的鱼饵。鱼饵已经被水泡得发白。劼换上了一条鲜活的蚯蚓，重新下了钩。劼鱼钩的形状类似于求卦者诚而急切的问号，劼孤单的身影仿佛是此刻阴阳河上唯一的注释。

劼可以说是钓鱼里的行家里手。在他漫长的教书生涯中，钓鱼几乎是他唯一的嗜好。既然来钓鱼，总想有所收获，最好能钓到大鱼。至于究竟钓到什么鱼，劼无所谓。草鱼、鲤鱼、鲫鱼、黑鱼，都可以，都是下酒的好菜。劼是个诚实甚至有点迂腐的人，他还没有虚伪到一面咽着口水眼巴巴地盯着浮标，一旦大鱼真上了钩又显得不屑一提的地步。毫无疑问，劼很希望有鱼上钩，可是今天似乎渔运不佳。劼等了足有半小时，手酸了，眼也涩了，浮标却毫无动静。劼只好换了一个鱼窝。

劼的鱼窝做得很精巧，在水下，它呈太阳般的发散形状。鱼儿可以循着米粒一直游到劼的钩下。劼很相信自己的技术。果然，劼在新鱼窝刚等了十分钟左右，水面上死了很久的浮标就终于活起来了。它先是很礼貌地轻叩了几下，然后缓慢地飘向河中心。劼很高兴，他恰到好处地轻抖一下手腕，然后抬起了鱼竿。劼立即感到分量很沉，应说直到这时，还没有任何异样的感觉。钓线完全出水后，劼看清了，这是一只鳖，或者是一只乌龟。这也没什么奇怪，在劼几十年的钓鱼史中，他当然不是第一次钓到这类东西，但今天钓上的东西似乎有点异样。它吊在鱼钩上纹丝不动，像只破草鞋。非但没有水中霸王误入陷阱的愤怒，反而有一种宾至如归的平静。劼把它放在水边的草地上，他这时完全确认了，这是一只二斤来重的乌龟。乌龟的甲壳上布满绿苔，似乎还透出一股水底的凉气。它蛇样的头上，两只乌黑发亮的眼睛迟滞地眨动着，仿佛长梦方醒。劼小心地摘下鱼钩，把乌龟托在手里仔细端详着。乌龟很惬意地闭上了眼睛，似乎对手掌的温度十分满意。劼突然发现，龟背上纵横交织的网格上，隐约有几行字！劼倏然一惊。他急忙用手搓了搓了厚厚的绿苔。这时候映在劼眼帘的就是前面那些漫漶的字迹。

劼马上把龟放进了水里。他想，同治十二年，离现在怕是有快二百年了吧。劼的心底涌起了一股沧桑的情绪。他不能把这只乌龟据为己有，置于刀俎。他当然不能。

劼空欢喜一场，不免有些沮丧，但他马上又振作了起来。只要开了窝，就不可能空手而归，这是钓鱼的规律。劼换了一条活蚯蚓，重整旗鼓。仅仅片刻之后，浮标再次颤动了。劼早有准备。从浮标抖动的节奏和幅度看，这是一条鲤鱼。劼几乎已经看见鲤鱼那艳红的大尾巴哗啦啦击打水面的场面了。劼用力抬起了鱼竿，但他发现不对劲。幻想中水声哗哗、人鱼较量的场面并没有出现。虽然劼手上的分量不轻，却是钩上了一段烂树根的感觉。劼心里咯噔了一下，不过他并没有松劲。他一鼓作气把水底的东西拉了上来。

——又是一只乌龟。而且，而且勐发现仍然是刚才的那只。勐开始时并不相信这个判断，因为经验告诉他，绝不可能在同一地点连续两次钓上同一条鱼。然而勐很快就相信了自己的眼睛，因为他确凿地看见了龟背上的字迹。这是一连串灾难或者不幸的记录。勐这一次简直有点气恼了。他一扬手把乌龟扔到了浮光烁金的河水当中。龟落水的地方很远，勐几乎听不到落水的声音。

那天的黄昏似乎很长。夕阳坠得很慢。因此勐有充足的时间对这种令人啼笑皆非的情况采取些必要的措施。

首先勐果断地放弃或者逃离了这个鱼窝，到另一个地方下钩；然后他换上了面粉揉成的素饵。在下钩以前，勐还摸出十几粒气味怪异的氯霉素药片扔到河里。只有真正的大鱼才能承受得了这种气味。很显然，勐用上了他全部的经验和手段。但勐心中没底，他摸不准这些屡试不爽的方法今天是否奏效。他差不多已经预感到这个黄昏的不同寻常。勐下钩以后就坐在河边发呆，不时偷眼看一看浮标，勐甚至有点惧怕水面的浮标了。这一次浮标静止的时间显然比上次长了许多，但它终于还是动了。这次的动静异常迅猛，浮标呼地没入水底不见踪影，极像凶残的黑鱼扑食的情景。勐大喜过望，方才的萎靡一扫而光，霍地立起猛提鱼竿，他心里沉甸甸的希望立即就出了水，暴露在夕阳之下……勐一屁股坐在地上。

——还是它！

——紧绷绷的鱼线还发出一种类似于琴弦颤动的细微声音，有如天籁。

劼把鱼竿扔在地上。鱼竿的一头深深地插入水底。劼跌坐在湿漉漉的水边，茫然四顾。他多么希望此刻阴阳河边还有另外的钓鱼人。如果别人这时能钓上真正的鱼，劼就不至于成为这个黄昏的阴阳河边上唯一的注解。

这时候天色渐晚，长庚星已经出现在天幕。劼在那儿究竟坐了多久，他自己也不知道。他的心中一片空白，恍若秋后的原野。其实，黑夜将临时分正是钓鳗鱼的最佳时间，但劼神思飘忽，已经心不在焉。劼迟缓地站起身，收拾钓具，准备回家。

刚才的经历使劼对鱼竿产生了一丝莫名的恐惧。他先把地上鱼食鱼饵之类的东西全部收进挎包，把空荡荡的鱼篓提出了水，最后才去收拾浸在水里的鱼竿。假如这不是一根湘妃竹的精品，劼宁可弃之不要。他扯了扯鱼线，一股寒气立即蛇一样蹿上了脊梁。劼的手在晚风中瑟瑟发抖，他简直毛骨悚然了。劼手中的鱼线上仍然沉甸甸的，显然挂着什么重物。劼意识到那个魔鬼般的乌龟还要在他的鱼钩上。这简直匪夷所思了。劼有几十年的钓鱼经验，一般说来，绷紧的鱼线突然一松，上钩的鱼必然会脱钩，很少例外。可是这乌龟仍然挂在鱼钩上，最大的可能就是它在脱钩后再一次找到鱼钩并且咬住它。而且咬的是个空钩！

劼咬牙扯断了鱼线。强大的拉力把他手掌拉出了一道深深的伤口。热乎乎的鲜血汩汩地流了出来。劼被一阵绝望的感觉淹没了。他这时已经完全明白，自从他钓上这只乌龟的那一刻，这次钓鱼的结局就已经显现。或者说，自从童年时候学会钓鱼开始，今天的结局就已经潜伏在阴阳河的深处，静静地等待着他的来临了。

劼荷竿而归。一条零零的灰白大道把他牵向远方。在通往竹泓的路上，劼皱着眉头努力想理出点头绪。事实上劼一思考，阴阳河底的那只乌龟就在发笑。

1993 年

暗红与枯白

土

清明节那天，天阴沉着，但没有下雨。我去镇北的墓地给爷爷上坟。

我已经三十岁，爷爷去世也快三十年了。多年来，我一直在外地上学、工作，每年最多回来一次，一般也都安排在春节。也就是说，我已经很多年没给爷爷上过坟了。在我模糊的记忆里，爷爷的坟位于公墓的最北边，那是整个墓地地势最高的地方。据奶奶和父亲说，爷爷的个子很高，在他们那辈人里是非常少见的。父亲说，他小时候跟爷爷去看草台班子演戏，他总是骑在爷爷的肩上，不管站得多远，都没人能够挡住他们两个。我记得，爷爷的坟不光地势高，坟本身也很高。

我去给爷爷上坟，奶奶在前面给我们带路。父亲和姑妈跟在我身后。姑妈手里的提篮里，有几样素菜和馒头米饭，还有一壶酒，爷爷生前就好这个。他一辈子没过上几天好日子，对他来说，酒是浇愁的水，又是治病的药。父亲说，在他的印象里，爷爷似乎一直就是一个佝偻着腰沉默寡言的老头子。在傍晚昏暗的光线下，爷爷独自一人坐在小桌前，他的面前是一个锡制的小酒壶和一碟花生米。他坐在那儿，不说话，偶尔抿一口酒，有年幼的儿女从他身边跑过去，他就拈一颗花生米送到他们嘴边。桌子摆在风灯下面的阴影里，爷爷的脸上没有笑容。爷爷去世时我刚过周岁，对一切还没有什么印象，但我听说他很喜欢我。我过周岁那天，他煮了猪肝，切一片塞在我嘴里，说，吃吧，吃吧，吃了我们长大了就会讲官话了。在我们家乡话里，“肝”和“官”是同音的，爷爷肯定希望他的长孙长大后能做官，当了官至少可以不被人欺负。但我已经三十岁了，大概再也不能实现爷爷的愿望了。带给爷爷的酒装在他生前常用的锡壶里，锡壶平时不知放在什么地方，每年清明节前几天奶奶就会把它拿出来，擦得锃亮。这锃亮的酒壶现在躺在姑妈的提篮里，随着步伐轻轻摇晃，黑暗的壶中有清澈的酒一路晃动，拖着一道初春嫩绿似的淡淡酒香。

爷爷是个老实厚道的人，他只活了不到五十岁。他一辈子最大的成绩就是靠他做烧饼油条的手艺养活了老老小小近十口，而且还把旧屋拆了，砌了一座一上一下的小砖楼。几十年后这座老屋当然已经相当破旧，而且前不久已经被拆掉了，但它毕竟为我们家的人遮挡了几十年的风雨。房子造好后不久爷爷就开始生病，没几年就病死了。可以说，这座房子耗尽了爷爷的最后一点精力。

我原本以为爷爷是土生土长的本地人，长大以后我才知道，他不是。爷爷的祖籍究竟在哪儿，他自己也未必知道。我想这肯定是爷爷心中的一块隐痛。他虽然心灵手巧，但识字不多。他无法找到自己的根，就迫切地希望能在这块地方扎下根来。我想这是爷爷当年含辛茹苦、忍气吞声地造起这座房子的更为深层的原因。

四十年前的初春，爷爷的房子开工了。宅基地旁边的空地上，搭起了一间小草棚，一家人临时住在里面。前面的几天是顺利的。但第七天一大早，天色变暗了。爷爷担心春天的雨一下起来就没个头，他心急火燎地赶到领班的木匠家，请人家早点开工，他想抢在雨前把梁上好，房子封了顶，就不怕雨淋了。爷爷回到家，没想到工地上已经闹成了一锅粥。爷爷的头“嗡”了一下。他险些晕倒。

爷爷的个子很高，他老远就看见他异父异母的哥哥天忠正和我奶奶指手画脚地吵着，天忠的老婆搬了个马桶坐在人群中间，正在破口大骂。他立即明白了是怎么一回事。围观的人群见爷爷来了，马上闪开一条道，但他几乎没有力气走过去了。

上一辈分家的时候，爷爷的房子里有一条穿堂而过的走道，是留给天忠家去河边用的。爷爷开工前已经找天忠协商过，愿意把新房子造小一点，在房子的西面留一条走道，因为走道摆在新房子里太不像样了，而且实际上根本就没法布局。爷爷和天忠商量的时候显得低三下四，他从小就被他这个异父异母的哥哥欺负怕了。天忠吸着爷爷敬的纸烟摆摆手说，谁叫我们是兄弟呢，你就先开工吧！爷爷万万想不到，到了这个节骨眼上，怎么又翻出这个话来了呢！

这时木匠瓦匠们陆续来了，但他们没法干活。穷人家造房不容易，一天工也窝不起呀！爷爷可怜巴巴地说，大哥，你不是答应过了吗？天忠眼一横，说，我答应什么啦?！天忠的儿子、二十岁的镇工商联主任成如也跳了过来，他手一挥对着众人大声说，你们大家说说，祖上传下来的地基，我叔叔想一家独吞，你们说有没有这个理？

爷爷还想争辩，那边天忠老婆已经把马桶一脚蹬翻了，她跳脚大骂，叫你们砌！叫你们砌！尿屎流了一地，臭气熏天。这是最为恶毒的诅咒。奶奶急了眼，猛地扑过去和她扭打在一起……

那天雨倒是没有下下来，但工是完全停了。那时我父亲兄弟姊妹几个还小，只会坐在草棚子里面哭。爷爷蹲在地上，嘴里不停地说，他们是算准了的，他们这是拿捏我呀！天全黑下来的时候，爷爷突然不声不响地出了家门。奶奶悄悄跟在他身后，她看见爷爷过了小街，进了天忠家的门。她想喊住他，但她终于没敢出声。

晚上，爷爷东借西凑地搬了五担稻子到天忠家。第二天，房子重又开工了。看上去，天忠还是高抬贵手了。

但事实上，爷爷在完成了他一生中最大的一件事业的同时，也给他的后人遗下了一个沉重的隐患。死者长已矣，但恩怨未断。

纵横的田埂上，行人如织。小镇是沿着东西向的“车路河”

一路撒开的，长长的小镇延伸着形成了一道弧形，它的北边三四里远相当于焦点的地方就是墓地。上坟的人从小镇的各个巷口走出来，沿着田间小道向墓地汇集。

初春时节，田埂上的枯草开始泛绿，柳树的枝条也吐出了嫩芽。我们走了约莫一刻钟，前面墓地已经遥遥在望了。那儿是死者的世界，是归宿，而身后是他们曾经生活过的尘世。上坟的人都很少说话，熟人见了也只是点点头。我想着我的爷爷，我相信其他的人也都想着他们死去的亲人。天空是阴沉的，那些死去的灵魂也许早已鸟儿一般从墓地腾空而起，盘旋在田野的上空，在行人中寻找着他们各自的家人。爷爷，你看见我们了吗？

暗红

春节前，父亲分别写信给在青海的叔叔和在省城的我，让我们回来。小镇搞规划，我们家的老屋要拆了。他让我们回来商量。老屋位于小镇的最中心，屋前是小街，屋后是那条贯穿全镇的小河。小河把小镇一分为二，河上有三座桥，中间的一座很久以前叫“中正桥”，新中国成立后改了名，叫“中大桥”。桥上原来有木制的顶棚，是夏天乘凉的好地方，但在我记事后不久就被拆掉了。我们的老屋就在“中大桥”下。

老屋虽说是一座砖楼，但很不气派，它显然要比小街对面成如家的轩堂高屋矮很多。老屋临水而建，我小时候经常站在楼上趴在吱吱着响的木栏杆上向下面的小河里张望，我对东来西往的船上站着的鱼鹰和船尾拴着的狗特别着迷。我觉得划桨的船像鸟儿，而那些橹船后面吱吱呀呀的橹则非常像大鱼的尾巴。我父母亲住在他们工作的中学里，但我每年回去都要在老屋里住上几天。这次春节一回家我就知道，老屋肯定是要拆了。一家人都很伤心，奶奶一说起这个就要掉眼泪，但这是没办法的事。

按规划，小河北边的这一排房子全要拆掉，小河填平，铺成大街。拆迁是从小镇的两端向中间进行的，我亲眼看见推土机把几家拒绝搬迁的房子轰隆隆地推为平地。

我们一家在抑郁的气氛里度过了老屋里的最后一个春节。拆迁的最后期限越来越近了。奶奶原来一直住在老屋里，她本以为可以一直住到死，还可以把老屋传给我们。但现在不行了，她最后的栖身之所不久将被夷为平地。老屋拆掉后，镇上将会在镇外的居民区给一块地皮，再补偿一万块钱，可这点钱怎么够造房子呢？但如果不造，地皮就只好荒在那儿，或者把它卖掉，奶奶跟我父母住。奶奶无论如何也不同意这样。她总觉得我们在这个小镇上应该有一座房子，一个根。奶奶一流泪，父亲和叔叔都慌了，他们咬咬牙说，那就造吧！

叔叔很小就到了青海，退休以前是不可能调回老家了，他和父亲谈了两个晚上，最后商定父亲和他各出一半的钱把房子造好，房子的产权归我父亲，奶奶住在里面，日常生活由我父母负责照料；他退休后再回来住，但不传给他的孩子。父亲起草了一个协议，他和叔叔都在上面签了字。

我对这个方案没有提出异议。父母都已经老了，退休后他们未必会愿意随我到省城生活，而且我自己也只是一个平庸无能的人，老了以后没准儿还得回到我出生的家乡。我也得为我自己留一条后路。

父亲和叔叔签好协议的第二天晚上，奶奶亲自下厨为儿孙们做了一桌饭菜。天气很冷，叔叔几天后就要起程回到更为寒冷的青海去，这很可能是老屋里的最后一顿团圆饭了。奶奶显得挺开心，但席间的气氛总是有点黯淡。奶奶说，我们在这个地方扎下个根不容易啊！当年造这座房子，受了多少气，吃了多少苦，你们是不记得了！

奶奶一辈子也忘不了四十多年前造老屋时的惨痛经历。奶奶不识字，牙也掉了不少，她讲不清楚。从我成年以后，她一有机会就讲给我听，慢慢地，我心里也就有了个梗概。造屋时父亲已经十多岁，很多事他应该记得，但他对这件事绝口不提，即使奶奶讲的时候他在场，他也从不插话。小街对面，成如家的房子已经翻建了好几次，我们家的房子却越来越破败，作为长子，父亲心里肯定不好受。奶奶还在唠叨，叔叔说，妈，你就别讲了。这次拆迁正好是个机会，我们肯定给你砌一座更好的，上下三层，怎么样？奶奶说，再好也没有我们这块地皮好啊！一辈子住在这儿，说走就走了。还有，你说得倒轻巧，你们哪来那么多钱呢？叔叔说，妈，那你就不用操心了，我们有办法。叔叔讲这话时，声音挺大，但明显地底气不足。我们都不是暴发户，几万块钱，谈何容易！但我想人有时候也就是为了一口气，爷爷奶奶省吃俭用、精打细算、含辛茹苦、忍气吞声造成的房子，不能在我们手里被连锅端掉。所有的人都需要一个老家。

我们吃完了饭，商量着尽快把老屋的东西搬到我父母单位的房子去，讲好第二天去镇外的居民区看看，争取能挑一块好一些的地皮。这个时候，小街对面成如家的大儿子大龙来了。他寒暄了几句，很快进入了正题。他说，奶奶在这儿，两个叔叔也在这儿，他看了我一眼，说，我爸爸让我来说一下，你们老屋要拆迁，镇上划的那块地皮，还应该带我们家一份哩！我们都愣住了。奶奶急了，她大声说，大龙啊，可不能这样说！这房子都砌了几十年了，怎么现在又讲出这个话呢！大龙说，我爸说原来祖上分家的时候这块地方就有我们家的一条走道，你们当年造屋时我爷爷就不同意，好说歹说，我爷爷看在弟兄的情分上才答应让你们造的。现在要拆迁了，当然要弄清爽。他的口气硬起来。我奶奶一急，结结巴巴地说不清楚了，我听出大意是说，当年为了那条走道，我家已经给了他们五担稻子了。父亲和叔叔一直没有插话，那时他们还小，好多内情并不知道。听奶奶这么一说，叔叔插嘴道，给了五担稻子，那就是买下来了。我说，五担稻子，当时可是值不少钱的。大龙突然站起身，把手一伸，说，谁说给了稻子？有没有字据？奶奶呆了，她说，天地良心，我们哪儿想到要立个字呢？！不过听老明海说当时是请了马四来圆弯子的，他知道这个事。

我看见父亲和叔叔的眼睛都亮了一下。大龙冷笑着说，马四早死了，随你们怎么说！父亲显然气急了，他说，大龙啊，你怎么能这样讲呢？那我问你，你说这块地基上有你们家的走道，你们又有什么证据呢？大龙说，我们当然有！

几个人的目光一齐射向大龙。有？在哪儿？四十年都过去了，大龙的爷爷天忠和他奶奶十年前就死了，当事人大多已经故去，历史早该被掩埋了。大龙胸有成竹地说，我们有叔爷爷亲手立的字据。我们一时都愣了，说不出话。叔叔掏出他的打火机，给大龙递一支烟，点着，说，那我们倒没有听说过，你能不能给我们看一看？我看出叔叔似乎有些紧张。大龙长长地吹出一口烟，说，字据我没带来，在我爸爸手上。他说，你们真要看，等双方都请了证人，约个时间再看吧。他撂下这句话就走了，临走时还让我有空去坐坐。

奶奶一直呆呆地坐在那儿，大龙一出门我们就问她，字据到底是怎么一回事，她听说过没有。奶奶突然哭起来。人家八成不是瞎说啊！奶奶流着泪说，怪不得老头子那天晚上躲躲闪闪地到他家去，这个死鬼呀，一回来就喝闷酒，问他什么也不肯说。他肯定是被逼得没办法啦！人家儿子是工商联主任啊……奶奶哭哭啼啼说个没完，把大家都弄得心烦意乱。我这时已经完全相信，字据的事不是子虚乌有的。虽然我还没有看到那个字据，但我可以想象出识字不多的爷爷在立那个字据时的那种无奈和绝望。爷爷也是没办法。

叔叔说，刚才我把打火机拿在手上，我就想着只要大龙把字据拿出来，我就一把抢过来烧掉！我们一家人都继承了爷爷的身高，叔叔长得尤其魁梧，真要抢，大龙当然不是对手。但父亲说，你想得太简单了，他们能把字据不声不响地在手上捏了四十年，会这么轻易地就拿出来？奶奶还在淌眼泪，她开始咒骂成如一家：你个咬人的狗不叫啊！平时见了面还婶婶、婶婶地喊得挺亲，怎么一下子就翻了脸呢？！老明海被你们欺负了一辈子，死了还捏着他的把柄啊！你们家高堂大屋，一块地皮你们还要劈一刀啊……

这时屋里的电灯灭了，小镇停电了。奶奶摸摸索索找出蜡烛点上。老屋里的气氛非常黯淡。我们商量好，尽快找好证人，先看一看究竟是一张什么样的字据。但不管怎么说，第二天挑地皮的事只好先搁一搁了，因为无论挑中哪一块，成如家那蓄谋已久的大手都会拦腰劈过来。我走出家门，看见小街对面的成如家正灯火通明，洗麻将的声音一阵阵传过来。我有些奇怪，但随即明白有门路的人家都在制药厂挂了电线，停电是停不到他们的。成如一家人胜券在握，所以他们还在过年，但我们的春节已经被提前结束了。这次小镇拆迁，成如家是大大受益的。我们家的这一排房子拆掉后和小河一起被铺成大街，成如家就成了临街的门面，每月的房租就是一笔可观的收入。可是他还不放过我们。

夜已经很深。我和父亲回中学的家。路上，父亲对我说，成如家可能就是想再敲一笔钱，到时候，我们再想想办法，跟他们砍砍价。父亲说他要在他手上把这件事清清爽爽地了结掉，不能再留个尾巴拖到我身上了。

第三天，我们终于看到了爷爷留下的字据。父亲请了镇文化站的史站长做证人，成如家说他们就不再找证人了，成如自己甚至都没有出面，他直接让大龙把字据带到了我奶奶家，这显得他们既大度又自信。大龙从一个本子里拿出了字据，看我们几个一眼，递给了史站长。史站长把字据放在我父亲和叔叔面前的桌子上。

这是一张巴掌大的小纸条，纸质粗劣，上面用非常拙劣的毛笔字写着：

> 兹有朱明海家因造房来与朱天忠家商议。朱明海家堂屋中间有朱天忠家永远走道一条，不得抵赖。立此为据，永无反悔。

朱明海是爷爷的大名。字据后面有两个指印，一个是证人马四的，另一个就是我爷爷的。指印当初也许像血一样的鲜红，但四十年过去了，当它第一次呈现在我们的面前时，它已经变成了暗红色。马四的指印很小，怯怯地靠在我爷爷粗大的指印旁边，我想马四一定是个瘦小的老头，但他是证人，而我爷爷只是一个被人家胁迫和敲诈的可怜人。我早就听说，天忠的儿子成如当了几十年的工商联主任，他有一个绝招，就是让人家站在大凳上，不承认错误就不给下来。爷爷肯定是实在没有办法了。

我注意到字据上“朱明海家堂屋中间有朱天忠家永远走道一条”中的“永远”两个字是字据写好后再加上去的，这两个字的意思是成如家的人永远可以出来找麻烦，只要他们觉得时机成熟。我父亲和叔叔呆呆地看着字据一句话也说不出。我想打人，想破口大骂，我的心里充满了仇恨和辛酸。大龙把字据拿回去，宝贝一样小心翼翼地夹在本子里。他面有得色地走了，那张字据却一直印在我脑子里，爷爷那暗红色的指印在我脑海里鲜血一样不断地洇散开来。

这算什么字据啊！是地契？合同？招供状？还是保证书？我遥想爷爷在那个黑沉沉的夜里咬咬牙摁下指印的佝偻身躯，心里一阵刺痛。这是我爷爷四十年前的疼痛穿越了漫长的时空后在我身上激起的回应。

芦苇飘絮

墓地北面临水，其他三面都与田野相接，除了北面的大河，墓地边缘的所有地方都是入口，所有的地方也都能够走出去。奶奶迈着她的“解放脚”走在最前面，我们在墓地里穿行。我们路过了一个个土坟砖坟水泥坟，许多坟墓已经被早来的人整理一新了。不少坟前都有人在忙碌。一堆堆纸钱明亮地燃烧着，青烟挟裹着纸灰升上去，又被铅灰色的天空压下来，在墓地的上空经久不散。墓地里的路也许是世界上最凌乱的路了，每个坟的周围都有一圈灰白的小路，所有的路都能走通，但没有一条路是直的。我们跟着奶奶向北走了约莫十几分钟，远远地，已经听到了河水拍岸的声音，奶奶停下脚，说，到了。

姑妈把篮子放下来，我帮着她整理碗碟。父亲从篮子里拿出打好的纸钱，找了个土块压在上面，以防被风吹乱。奶奶围着爷爷的坟四下打量着，她的嘴里轻声唠叨着什么，我依稀听见她说的是：老明海呀，你大孙子看你来了。我心里一酸，但我没有表露出来。爷爷的坟地是最高的，但很多的坟顶都超过了他的坟。我站在他的坟前四下张望，我看见了各式各样的坟，有的用青砖或水泥砌成，气度不凡；还有很多则十分寒酸，因为多年没人照料，已经快被枯萎的荒草湮没了。这儿是小镇唯一的墓地，虽说这些年实行了火葬，但骨灰还是在这里入土。这块死寂的墓地掩埋着无数的恩恩怨怨和悲欢离合。我指着不远处一座高大气派的坟问奶奶，那是谁家的？奶奶说，那就是成如他老子老天忠的坟啊。奶奶叹口气不再说话。我仇恨地看着那座坟，那座钢筋水泥造的坟，它前面的墓碑都比我爷爷的坟顶要高出好多。

奶奶几天前已经请人给坟培了一次土，但爷爷的坟相比之下还是显得那么破败。坟墓是死者的房子，是飘荡的灵魂的栖息地。我仿佛看见爷爷的目光正酸楚和无奈地看着我。我感到了一股无地自容的羞愧。

姑妈已经在坟前的平地上摆好了酒杯。我蹲下身，端起爷爷的锡酒壶在杯子里斟满了酒。姑妈轻声说，爹，你喝吧。爷爷的坟上那些刚培上去的新土很像是一件旧衣上的补丁，灰色的旧土上已经钻出了嫩黄的草芽。土里的草根每年都会活过来，爷爷在这儿已经躺了快三十年了。

墓地北面的大河哗哗地拍打着河岸，河边刚刚开始发芽的芦苇在浑浊的河水里摇动。这些年，老家的芦苇已经日渐稀少，也许过不了多少年，芦苇也就会像原先这儿随处可见的银杏和苦楝树那样销声匿迹了。家乡的镇名叫“芦舟”，很久以前，小镇的周围到处都是浩浩荡荡的芦苇，小镇仿佛是停泊在芦苇荡里的一条小船。

爷爷降生在镇外的一个破庙里。那是 1911 年的秋天，辛亥革命就发生在这一年。奶奶没有文化，有很多事她讲不清楚，她的讲述从来都是断断续续甚至前言不搭后语的，但我还是从她那儿了解了这件事的基本脉络。作为一个家族的根，爷爷是离我最为亲近的一个人。1911 年的秋天，芦苇枯黄的季节，小镇的天空纷纷扬扬地飘满了白色的芦苇絮，人们忙碌地收割着芦苇，镇里镇外的几乎所有空地上都堆满了小山一样的芦苇堆。有一天的黄昏时分，静悄悄的芦荡深处传来了一阵嘈杂的马蹄声，一支兵马沿着芦苇夹拥的小路迤逦而来。这支队伍衣冠不整，人疲马乏。那时候，芦苇荡里兵匪出没，小镇的人见惯了拿刀拿枪的人，但这支队伍却显然与众不同。百十人的队伍中有大约一半是骑兵，而且讲北方话，这说明他们来自遥远而又干旱的北方。他们没有进入小镇，当天晚上，他们就驻扎在镇外的土地庙附近。见过这支兵马的人大多早已过世，十年前我和父亲曾经一一拜访过他们，岁月把他们原本就不甚清楚的记忆冲刷得几乎荡然无存了。但我们拜访的三个人都肯定地说，带领这支队伍的是一个身高个大、满脸络腮胡子的汉子，他骑着一匹高头大马。这个人就是我爷爷的父亲，我的曾祖父。多少次，我仿佛看见我的曾祖父带着那支队伍从芦苇荡深处的小路走来，细碎杂乱的马蹄声在广阔无垠的芦苇的上空拂动。队伍来到小镇的南面，曾祖父勒住了马僵，骏马昂起头一声长嘶，在夕阳的逆光映照下，我似乎可以清晰地看见曾祖父的面庞。我相信他的脸和爷爷的照片一定有几分相似。

曾祖父的队伍只在镇外的土地庙住了一天，第二天中午时分他们又开拔了。曾祖父的队伍里有一个唯一的女人，那就是我的曾祖母，那时候她怀着我爷爷。

曾祖父为了某种我们无法知晓的原因不得不继续前进，他只好把他快临盆的妻子暂时安顿在土地庙里。曾祖父留了一个兵服侍妻子，然后他跨上他的战马带着队伍向芦苇荡的深处走去。曾祖父这一去如泥牛入海，杳无音信，再也没有回来。

不久，曾祖母生下了我爷爷。因为生在庙里，爷爷的名字就叫明海。可以想见，那段日子肯定极为艰难。爷爷满月后不久，那个留下来的兵就借去镇上买东西的机会悄悄跑掉了。曾祖母先是变卖随身的东西，后来只好靠给人家缝缝补补糊口。异乡异客，以泪洗面；孤儿寡母，度日如年。

曾祖母带着未满周岁的爷爷在土地庙里住了将近一年，芦苇枯了，芦苇又青了，无边的芦苇淹没了来路，也挡住了去路，天天倚门望归的曾祖母绝望了。破庙断墙，难避风雨。经人撮合，曾祖母当了米铺老板的“补房”，这人就是老天忠的父亲。

曾祖母总算又有了一个家。但我相信她的内心是愁苦的，事实上，我爷爷四岁多她就撒手西去了，她死时绝对不会超过三十岁。我爷爷终于成了一个没爹没娘的“拖油瓶”的孩子。据说天忠的父亲还是厚道的，虽说是粗茶淡饭，但他把我爷爷养大了，并给他成了家。爷爷和天忠分门立户的时候，他为分家动了心思，他在我爷爷的堂屋里给天忠留了一条走道，他大概是希望以此把两个异父异母的兄弟串在一起。天忠的父亲是个不坏的人。

爷爷继承了曾祖父高大的身材，但他没有见过自己的父亲，他甚至没能继承他父亲的姓氏；后来，他又失去了母亲，长大后，他可能连母亲的面容也逐渐淡忘了。“拖油瓶”的孩子是可怜的，他被大他几岁的天忠欺负了一辈子。爷爷刚开口讲话说的就是苏北话，但骨子里他是一个异乡人。也许他曾经以为他在小镇造了一座房子就算是落地生根了，但事实证明这只是一个天真的愿望。很多年过去了，天忠和成如一家从来也没遗忘过爷爷的那个字据；春节过后也已经好些日子，我虽然回到了我客居的省城，但字据上爷爷那个暗红色的指印一直刻在我的脑海里，仿佛一枚冰冷粗糙的印章。

我曾经问过那几个还活着的老人，那支队伍当时穿的什么样的衣服，打的什么旗号，有没有留辫子，几个老人说法不一，我相信他们事实上已经完全没有印象了。芦舟是一个政治气氛非常淡的地方，也许他们当时就没有留心。我也查找过十卷本的《昭阳县志》，试图从中找到一些线索，哪怕只是只言片语也好，最终我还是一无所获。我不知道我的曾祖父从哪里来，又是到哪里去；不知道他经过这个小镇是执行任务长途奔袭，还是突围之后的亡命天涯；我也不知道他和他的队伍是属于“革命党”，还是属于清朝的军队。我甚至不知道自己到底是汉族人，还是满族人。这一切，我无从查询。

说到底，芦舟是我的出生地，但不是我的祖籍。从我爷爷开始，我们谁都不知道我们的根究竟在哪里。

爷爷死在了异乡，葬在了芦舟的这片墓地。他一世凄苦。临死前爷爷的神志非常清楚。他抬起他无力的手，拍打着床边说，我就这样死了，我就这样死了吗？！他的内心一定非常地不甘愿。命运对他实在是太残酷了。

多年的风雨已经把爷爷的坟冲刷剥蚀得很厉害，我随着父亲在爷爷的坟前深深地磕下头去，我心里计划着要把爷爷的坟好好地修一修。

枯白

这些年，芦舟祭奠死者的仪式有了很大的改进，最明显的变化莫过于在死者坟前焚化的纸钱了。街上不少小店里现在都卖一种印着“冥府银行发行”的纸钱，面值大到几百兆，买回去就可以烧。即使是自己动手做，也省却了不少工序，黄毛纸买回来都不用錾子打后再用手折了，直接把一百圆的钞票在纸上一比画，就算完了。

我们给爷爷烧的纸钱还是采用最原始和传统的方法。我并不相信烧了后爷爷真的就会收到，但我已经多年不做这件事，心里很愿意认认真真地完成一种仪式。这件事女人不能动手，据说女人的手摸过的纸钱烧了后死者也收不到。十刀纸钱我和父亲整整做了一上午，父亲用锤錾在纸上凿出花纹，我一张张把它们折好。在叮叮当当的铁器打击声中，我感到了心灵的平静。

清明节这天，天空是阴郁的，墓地的空气阴冷而潮湿。很多人影在远近晃动，但墓地静悄悄的。磕完头，父亲点着了纸钱，我也蹲在旁边用一根小木棍拨弄着火堆。火光熊熊，我脸和手上的皮肤有一种强烈的灼痛感。今年的清明节，叔叔没有回来，青海实在是太远了。他来信问房子的事现在怎么样了。父亲回信把情况大概讲了一下。

春节后，叔叔回青海前我们曾经商量了一个方案，我们打算请人出来说合，和成如家好好谈一下。一块地皮，时价大概一万，按面积算，一条走道至多占十分之一，我们愿意补偿他们一千元。再不行，多一些也可以。我们以为，局部总不会大于整体，一条走道总不至于要我们一万元吧？商量好方案后，叔叔就走了。我则暂时不回省城，利用寒假的最后一段时间和父亲一起把事情落实下来。这一次请的中人还是文化站的史站长。我们等着史站长的回话，心里还挺有把握，我想他们大不了狮子大开口吧，顶多把我计划中明年的婚期再推迟一点。地皮拿到后，房子是一定要造的，而且要造得好一点。奶奶已是风烛残年，她需要一个养老送终的地方。这次回家，我明显地感到，父母的身体也大不如前了。小时候，父亲是我的保护神，我没有哥哥，我在外面被别人家的孩子欺负了，如果我确实有理，又被欺得比较惨，都是父亲去和人家讲理。上大学时我假期在家，有一次在街上被一辆自行车撞了，父亲非常激烈地和那个人争吵，虽然我撞得还不算重。可是终于有一天，我发现父亲老了，他显得特别豁达，但我经常会察觉到里面的一丝无奈。我知道父亲已经到了需要我分担担子，甚至需要我保护的年龄。作为儿子，我应该帮助父母把房子造起来。他们很快就要退休，不能永远住在条件很差的公房里。那座计划中就要建造的房子，对我们整个一个大家来说，都显得很重要。即使我和叔叔客居外地，我们回来探亲也需要一个落脚点吧？不管怎么说爷爷在这儿造起了一座房子，总不能在我们手上被连根拔掉。

但史站长的回话让我们大吃一惊。成如说，他们家不是为了钱，只是祖上分下来的家产要有个说法。他们不要钱，只要自己家的地。我们家的新地皮分在哪儿，他们的走道也跟到哪儿。听听，多么的有理啊！这条莫须有的走道，就像附骨之疽，你根本没有办法把它剔除。史站长传过话以后长叹一口气，我相信内心里他也同情我们，但他表示他不愿再给这件事当中人了。

但事情总归要解决。父亲又去找了他的几个比较有交情的朋友，但没有人愿意出面调停。别人也知道，成如一家的头不是那么好剃的。芦舟不大，镇上大多数人家拐弯抹角都沾亲带故，只有我们是外乡人。况且人家可能还会想，我和叔叔都在外地工作，我父母亲以后可以跟我过，奶奶日后一去世，我们家在芦舟就再也没有顶门立户的男人了。人家这样想，不能说没有道理，因为这样的结局，几乎已是举目可见了。

爷爷坟前的纸钱烧完了，烟雾悄悄地熏出了我的眼泪。一股轻微的风吹过来，在坟前打起了旋儿，仿佛有一只无形的手把纸灰抓起来，扬向天空。我抬起热辣辣的双眼茫然四顾，突然我看见远处天忠的墓那儿，成如和大龙一家也在上坟。他们显然早已发现了我们。那边虽然也是静悄悄的，但我还是能从他们稍带夸张的动作中看出一股大大咧咧的洋洋自得。我恨他们，但我拿他们一点办法也没有。父亲和叔叔在信中商定，尽快向法庭起诉。我知道，这场官司并无胜算。我扭过头，不愿意再看那边。父亲和姑妈已经开始收拾碗碟，准备回家。这时候我听见了一阵奇怪的声音，我下意识地回过头去。我看见大龙从屁股后面抽出了一个大哥大，大龙讲了一阵，又把大哥大递给他老子讲。因为距离的关系，他们讲话的声音我听不清楚。我恨恨地想，你们总不至于是在向坟墓里的老天忠汇报吧！我难以想象，这一家三代为什么要把事情做得这么绝！我长叹一口气。

我最后绕着爷爷的坟走了一圈。这儿是墓地的尽头，爷爷的坟首当其冲地被北来的野风和河水冲击淘蚀得十分单薄。我的目光到处，突然火烫了似的哆嗦了一下：我看见爷爷的坟上，一块被剥蚀的地方，有一根小小的枯骨正闪着惨白的荧光。我的头脑里闷雷似的轰响了一下。我呆呆地站在那儿，我什么也说不出，我也不敢对我奶奶他们说什么。我的腿发软，口发干，我五内俱痛，热血奔涌。我悄悄地蹲下身，默默地打量着这根白骨。这是一根指骨，纤细、修长，多年的风霜侵蚀使得龟裂的指骨业已断离脱落，成为依次排列的三节白色小管。指骨无力地躺在灰褐色的坟土上，我忍不住用手轻轻地触摸了一下，我的手近乎于麻木，一股难以言说的感觉直逼心头。我抓起一把土，轻轻地撒在了白骨上。白骨被覆盖了，惨白的荧光透过坟土，依然没有消失。我站起身，扭过头去。

这根指骨属于一只长满老茧的操劳终身的手；这只手属于一个被飘忽无定的命运之风吹落到此的可怜人，他就是我的爷爷。

曾经摩挲过我的头发的一双手！

这里是坟的西侧，按照方位判断，这一定是我爷爷右手的指骨。它是什么时候破土而出的呢？

四十年前，这根手指还有血有肉。在昏黄的油灯下，它哆嗦着在一张“字据”上摁下了一个鲜红的指印。爷爷的心颤着、痛着，现在这种疼痛再一次穿越时空，在我的心里激起了回应。我的眼泪流了下来。

爷爷手上造起的房子已经被拆掉，新大街也快铺好了。我的父辈和我大概是很难在芦舟再建起一个家了。我发誓要重修爷爷的坟，它至少要比老天忠的坟高大气派得多。虽然客居他乡的我已经失去了故乡，但爷爷漂泊的灵魂需要一个安息地。奶奶他们站在坟的另一侧，他们刚才没有注意到我。看见我站起了身，父亲说：

我们走吧？

我说，走吧。

1996 年

狂风大作

正如有年轻人的地方就一定有爱情一样，在一个工科大学里同样也有诗歌。在这样的学校里，诗人们不得不硬着头皮去应付那些枯燥乏味的工程制图、结构力学、钢筋混凝土之类的功课，诗人们的才情在大部分时间里是相当压抑的。但有一句老话，“哪里有压迫，哪里就有反抗。”正因为受压抑，诗人们一旦有机会展示自己婉约或豪放的一面，就决不会放过。当然，这样的机会一般由他们自己创造，学校是不会主动提供的。他们通常的做法是抓住一些节日搞几场诗歌朗诵会，轮着用话筒朗诵各自的新作。这样的朗诵会开到最后，往往会有几个人同时跳上台，冲那个尚未读完最后一句的同学伸出手去，要话筒。如果一个最心潮难抑的诗人没有拿到话筒，他可能就会扬起双手直接朗诵，他激动之下，很可能在诗歌的结尾把自己的乡音土话都带出来。学校里那些非诗人的普通学生大多在心里把这样的朗诵会看成是一种免费的娱乐活动。也确实挺好看的。

诗人们大多没有公开发表过一首诗，但他们都预备了笔名，都很抒情，很个性化，譬如“柳笛”“水华”“天狼”什么的。诗人们也有自己的诗社，社长的笔名叫“狂风”。这个笔名后来成了一种号召或者象征，只要开诗歌朗诵会，海报上巴掌大的黑字老远就能看见，写的是——

狂风！

今晚八时，××馆××室

气势很吓人。其实，“狂风”是一个看上去非常文静的小伙子，清秀而不失英俊。有不少女生暗地里很喜欢他。他的本名叫吴舟。吴舟这个名字当然也很普通，但听上去很温和，至少跟狂风不太搭界。有些女生不满这个笔名：还狂风呢，你倒是大作给我们看看啊！但她们不懂诗，吴舟又很少跟女生有什么瓜葛，这就没有她们发表意见的地方。况且，别人说了他就会听吗？吴舟是个比较沉默的人。即使是在诗歌朗诵会这样一个由他组织而又群情激动的场合，他也是一个最为沉稳的人。

“狂风”在校园里很有知名度。诗社有一份内部交流的刊物，吴舟在上面开了一个专栏，专栏的名字就叫“狂风大作”。奇怪的是，在诗歌以外的场合，同学们喊他“狂风”，而在与诗歌有关的活动中，他的诗友们反而叫他的真名，吴舟。“狂风”最著名的故事是关于爱情的。在讲这样的故事时，还是称他为吴舟比较好。

吴舟爱上于兰确实令人感到有些意外。于兰是学校广播站的播音员，她的声音清澈、明亮，但并不单薄，在必要的地方还带一点滞涩，按吴舟的说法，于兰的播音很像萨克斯管在一间挂满布幔的房间里演奏，极富魅力。吴舟的话其实有一点爱屋及乌的味道，但不管怎么说，于兰的声音不错。于兰最擅长的是文艺类的节目，学校的广播里曾经播出过几个同学给一些电影片断配的音，于兰的水平无疑是出类拔萃的。但别人之所以对吴舟爱上于兰感到意外，原因也很简单：于兰长得实在是太一般了。

吴舟清俊、儒雅，为人稳重。他很爱干净，他的白衬衫的领口总是清清爽爽的，头发也规规矩矩。这样一个小伙子在一所工科大学里比那些穿花衬衫留长头发的“艺术家”们更容易得到女孩的青睐。长头发的未必就是艺术家（正如光头的未必就是和尚），即使真是，在这儿也没什么市场。吴舟直到三年级都没有正式地谈过一次恋爱，这只能说明他对于爱情和婚姻有一套自己的完整而固执的想法。但是在第三学年的上学期，他爱上了于兰。你把吴舟推一边去，站在他的位置想一想，于兰有什么可爱呢？于兰的声音是不错，但她并没有逃脱一个规律，那就是：除了电视台的播音员之外，不露面的播音员一般都不好看。正因为她们的声音太漂亮了，相形之下，她们的相貌更容易令人大失所望。于兰的脸圆圆的，比较扁平，头发发黄，个子也不高，幸亏皮肤还算白，才不至于算丑——总而言之，相貌平平。而且于兰对人不热情，不爱讲话，这也许是因为她在广播里讲话太多了的缘故吧。有人甚至想，吴舟是不是以为于兰在生活里，至少是在谈恋爱时的语调，也会像播音时那么迷人呢？这其实是一个多么可笑和幼稚的误解啊！恋爱以及以后的生活，是面对面的情感交流和肌肤之亲，可不是打电话。

但吴舟就是爱上她了，而且爱得很狂热。其实平心而论，有时候爱上一个人并不难，想想你们自己的爱情吧，刚开始的时候又有多少是基于全面的了解呢？那个姑娘（或小伙子）一下子把你抓住的一点，没准儿也就是她（他）的聪明，或口才，或大方，甚至只是那一头自然卷曲的头发，甚至只是嘴角的一颗黑痣。这些事大概是很难讲清楚的吧。况且，你们别忘了，吴舟是个诗人，而他的口才并不好，带有难以忽略的乡音，也就是说，他并不长于表达。他曾写过一首长诗《水手之歌》，于兰把它制成了一个配乐诗朗诵，由她自己播音。吴舟的诗里充满了诸如“水手、暗礁、滔天巨浪、金色的海岸线”之类的词句，这些词句从吴舟诗人的心里流出来，又从于兰播音员的嗓子里散发出来，最后又通过吴舟的耳朵，回到了他的心里。声音充满了感情，它甚至比作者吴舟赋予的还要多！这样一个过程太令人心醉了。吴舟突然之间发现，自己爱上了于兰。

他们的爱情开始于三年级的上学期，那一段时间里，学校广播站一直在播吴舟的长诗。每当傍晚，随着广播里一阵海潮的喧嚣声，于兰的声音就会在校园的上空回响。在这样的氛围下，吴舟对于兰的追求就特别引人注目。那时，吴舟频繁地出入广播站，广播站设在学生食堂（兼礼堂）的舞台上的一个阁楼里，吃饭的同学经常看见吴舟白净的脸上带着淡淡的红晕，沿着舞台一侧的木楼梯爬上阁楼，一会儿又独自下来了。显然，于兰矜持而谨慎，她没有贸然接受吴舟的爱情。终于有一天，吴舟走下了阁楼，这一次，他虽然还是一个人下来，但他没有像往常那样马上就离开，而是静静地站在舞台的一侧等着。一会儿，于兰踩着吱吱响的楼梯下来了，他们两个一前一后地走出了饭厅。

应该说，这一天才是他们恋爱真正的开始，以前，只是吴舟的一厢情愿。吴舟是一个诗人，可以想象，那段时间吴舟写了大量的诗，其中有一些，他直接誊好，送给了于兰。这种状态他们持续了很长时间。他们经常在一起，他们的活动范围也在扩大，校园里很多地方都开始出现他们的身影，甚至在晚自习后图书馆周围的树林里也可以看见他们了。他们是在恋爱，但是有恋爱经验的同学（这为数不少）细心地注意到了一个迹象，那就是，吴舟和于兰一般都是一前一后地走在一起约会（譬如说到小树林去），都是于兰走在前面。这说明约会的时间和地点甚至约不约会，基本上是由于兰决定的；而他们在饭厅一起吃饭，则都是吴舟挤着排队买饭买菜，然后满头大汗地端着几个盆子摆到于兰面前的桌子上。这看起来很正常，但恰恰说明了他们在恋爱中的关系，可以想见，吴舟热烈而急切，于兰则相对冷静，甚至有点傲慢。多年以后，吴舟亲口证实了这一点，但具体原因和细节他不肯多说。不过，他们两个在那一届学生中都颇有知名度，有不少同学了解他们的情况。

主要的是：吴舟老家在苏北，他的父母都是农民，家庭很不富裕；于兰来自河北石家庄（所以她普通话说得不错），她的父亲是中学教师，家境小康，但她的生母早已去世，现在跟父亲和继母生活在一起。于兰的性格比较孤僻，据说她以前也谈过几次恋爱，都不明不白地分手了。还有……好像也就这些了。说起来，这些似乎并不注定成为爱情的障碍，但是，不是有更多的看上去那么珠联璧合、天生一对的人最终也没能走到一起吗？对了，还有一点也不能忽略，那就是他们两个是从三年级开始恋爱的，这个时候离毕业分配已经不远了。而毕业分配是恋人大分手的时刻，很多比他们开始得更早的爱情都在毕业前夕决然中断了。吴舟和于兰的功课都不算特别出色，在分配中他们都不能完全把握自己的去向，那怎么办呢？

四年级开始了，毕业分配已经遥遥在望，很明显，吴舟和于兰的爱情也面临着同样的问题。他们的约会变得频繁而急躁，他们有过很多次的商量、计划，也有过很多次的争吵和和解。为了爱情，他们愿意把双方的家庭暂时撇在一边（这对两人都不太容易），争取分在一起，但要做到这一点，肯定难度很大。他们的感情出现了裂痕，如果他们不能拿出切实可行的方案和措施，毕业分配的震动，几乎注定会使他们一分两半。如果真的那样了，不久以后，他们将分居于两地，这段感情只能在记忆中供他们各自遥望和凭吊。

故事发展到现在，离那场惊心动魄的事件只有一箭之遥了。这次事件使他们的爱情变得耀眼而夺目，它至少深刻影响了三个人的生活道路。至今很多人还记忆犹新。

除吴舟和于兰外，那次事件的第三个当事人是丁天。他是校宣传处的教师，也是吴舟和于兰共同的老师和朋友。具体地说，他代表校方指导广播站和学生诗社的活动。丁天是个兴趣广泛、多才多艺的人。他会弹钢琴，会画画，字仿郑板桥，写得也颇具神韵（他是江苏兴化人，板桥同乡）。他经常给学生开一些讲座，涉猎广泛，很受学生欢迎。他讲书法，讲郑板桥，他说：郑板桥在没有成为书法家以前，整天琢磨着怎样才能有所突破。他朝也想，夜也想。有天夜里，夜很深了，他还在被窝里用手指划来划去，不小心划到了他老婆的身上，他老婆醒了，气得用手打他，骂道，你有你的体，我有我的体，瞎划瞎划地干什么！郑板桥如醍醐灌顶，豁然开朗，从此，他别出心裁，终于创出了“板桥体”，自成一家。学生们哄堂大笑。总之，学生们很欢迎丁天。

丁天还有一个爱好，那就是集邮。他是省集邮协会的理事。丁天有十本集邮册，在集邮方面他可以说早已卓然成家。但对集邮的事，他秘而不宣，学校里只有极少的几个人知道他有一些相当珍贵的藏品。这几个人里就有吴舟。

丁天还没有结婚，他单身一个人住在和学生食堂毗邻的一座二层小楼的二楼，和广播站只有一墙之隔。他的宿舍里常有学生出入，有来借书的，有来请教的，还有的直接就是来争论的。有的学生和他已经相当热络，有时候他们在食堂打好饭，顺路就拐过来了。丁天有才，未免就有点恃才傲物，他和同事的关系尚可，和他们处长就不大对劲。但学校有很多场面上的活动却少不了他，校领导对他还不错，那段时间有传闻说，学校即将筹建艺术中心，丁天是主任的主要人选之一。

丁天和学生关系密切，但却绝对没有绯闻。他有一个原则，就是决不和学生恋爱。他的学生朋友们都知道他的这个原则，不少人求他为自己的恋爱沟通和斡旋。如今，一个年龄相当但却能置身事外，决不浑水摸鱼、乘虚篡窃的斡旋人是多么难得啊！

吴舟找到丁天，坐在丁天面前半天不说话。丁天知道他有事要求自己，佯装不知。

吴舟和于兰商量好了，他们决定一起报考本校的研究生，这是他们为拯救自己的爱情所做的最后努力。他们很现实，只要有一个人考不上，他们就分手。他们已经暗地里复习了很长时间，现在离寒假的正式考试只有两周了。这个寒假将是至关重要的，可以说是生死立判——当然，这不是指性命，而是指他们的爱情——不过，这也够重要了，不是吗？

吴舟说：丁老师，我想寒假里借你的宿舍用一下。

丁天说：干什么？

吴舟说：我要考研究生，考前还要再看看书。

丁天说：还有谁？

吴舟说：我和于兰一起。吴舟的脸红了。

丁天说：不行！谁知道你们两个在我宿舍里会干什么？他说，我们老家有个说法，别人在你的床上干那种事，你是要倒霉的。我很忌讳这个。

吴舟涨红了脸，他结结巴巴说了很多，大意是，他和于兰还没到那一步，他们都是很拘谨的人，不会乱来的。况且，他们很可能最后是考不上的。等等。

丁天说：我怎么才能相信你们呢？

吴舟说：我不知道怎么才能让你相信。其实我们一起考上的机会太小了，只要有一个考不上，我们就肯定要分手。所以我们不会做那种事。他说，丁老师，你就成全我们一下吧！

丁天沉思了片刻，说：好吧，我相信你。不过，你和于兰一个也不能住在这儿，你们看完书要各自回到自己的宿舍去。就这样吧，放假前你来拿钥匙。

放假前的最后一天，吴舟拿到了钥匙。当着于兰的面，丁天只交代了一下安全问题，没再说什么，就去了码头，乘船去武汉看望他的未婚妻了。

丁天一走，吴舟就一把抱住了于兰。他们紧紧地拥抱、接吻。好一会儿，吴舟轻轻地推开于兰说，好了，我们看书吧。我答应过丁天的。他说，我们都要努力。

于兰点点头。气氛有一点悲壮。

吴舟和于兰在丁天的宿舍开始了他们考前最紧张的复习。前面已经说过，他们的功课都不算好，要看的书、要做的习题太多了。他们恪守了他们的诺言，他们甚至很少拥抱。在看书的间隙，他们就翻翻《集邮》杂志，晚上，看书到深夜，然后各自回自己的宿舍睡觉。既然他们不能一起住在丁天的宿舍，那他们两个谁也不敢单独睡在这儿，要知道，寒假里整层楼就只有他们两个人，于兰就不用说了，即使是吴舟，也不是一个胆大的人。

天实在是太冷了，滴水成冰。吴舟和于兰面对面地坐在饭桌的两边，看书。他们用丁天的红外线取暖器烘着脚，房间里有一种温馨而又带一丝脚臭的气息。他们常常不自觉地抬起发涩的眼睛对视一下。考试迫在眉睫了，他们都有点怕，心里愿意把这样的时光无限期地延长下去。

离考试还有三天，一个刮着风的傍晚，灾难发生了。晚饭前，吴舟让于兰在宿舍里等着，自己去校后门买点熟菜。人很多，他还在排队，突然看见校园的西南角升起了滚滚的浓烟。吴舟仿佛致命处被人重拳击中，他拔脚就往学校里跑。一进校园他就确定，就是那儿！他怔了一下，又跑。离现场还有很远，他就看见火苗已经蹿出了他们那间房间的窗户，楼顶也开始冒出了浓烟。

吴舟吓呆了。他猛地冲上去，往楼道里钻。于兰还在里面啊！灼热的气浪立即把他顶了回来。他正要再冲，于兰哭叫着跌跌撞撞地冲了出来。于兰的头发已经焦黄，两人抱头痛哭。这时，很多人已经赶来救火，很快，消防车也赶到了。

那天的风非常大，风助火热，火增风威，大火烧出的呼呼风声几乎传遍了整个校园。火场周围的几棵梧桐树也被大风吹过去的火苗点着了。多年以后，吴舟自嘲地说：真是“狂风大作”啊！当时他们可没想到这个。他们恐怕连考试、爱情之类的东西都没有想到，只想：完了，全完了！

吴舟怀里的于兰突然挣脱身子，向火里扑过去。吴舟哭着把她拉了回来。

火终于扑灭了。几个校领导铁青着脸站在那儿，看着冒着白烟的黑洞洞的房框子，一言不发。据说那天跟在消防车后面的还有一辆警车，就是准备来抓肇事者的。据说有规定，火灾的损失达到一定的数目，就算特大火灾，要当场抓人。

学校领导把火灾的损失大大地压低了。他们保护了于兰。他们的原意也许只是为了顾全学校的面子。

事后查明，问题就出在那个取暖器上。于兰太困了，吴舟一出去她就打了个盹。桌上的草稿纸掉到取暖器上，引着了书，就烧起来了。于兰还能够从火里冲出来，真是万幸。

命是没丢，但他们两个的研究生是无法再考了。和学生食堂毗邻的那栋楼以及相邻的广播站全都烧掉了。几天以后，那些从考场出来的同学经常围着湿漉漉的火烬场，捧着饭碗，指指点点。

丁天被学校电召回校。他的未婚妻也跟他一起来了。学校找丁天谈话，她要求旁听。从谈话的房间里出来，丁天非常委顿。他的未婚妻陪他在饭馆吃了一顿晚饭。吃完后，她说，今天由我来结账吧。丁天没有和她争。当天晚上，未婚妻就走了。丁天没有挽留她。她历来是个很有主见的人，挽留又有什么用呢？一段即将进入婚姻的感情，到此为止。

丁天临时住在学校的招待所里。晚上，他躺在床上使劲地抽烟，整个房间和他的肺一样烟雾缭绕。他等着吴舟和于兰，从早上到校直到现在，他还没有见过他们两个。他心里好像雪后的田野，冷、平、空。处长的话又冷又硬，丁天知道，从此以后，他很可能将开始一种迥异于以往的生活。丁天和处长原本就矛盾尖锐。有一次，处长找个茬狠狠整了他一下，第二天处里正好开会，他走到处长面前轻声说，我听说你老婆和 ×× 关系不太正常，你要注意一点哦。处长面色煞白，却不敢答话。现在想起来，自己是有点过火了。听说校艺术中心的牌子本来就打算挂在烧掉的那栋楼上，和学生会、团委的牌子挂在一起，现在连楼都烧掉了；就是牌子换个地方挂起来，主任的职务也肯定与自己无关了。

这时有人怯生生一敲门，丁天躺着没动，说：进来！门一开，吴舟和于兰走了进来。

十天没见，两人的脸都小了一圈。丁天说：你们要我成全你们，你们就是这样成全我的吗？

于兰哭了出来。吴舟说：我们对不起你。我们想赔偿你，只是我们现在实在太穷了。他低下声说：我们的祸闯得太大了。

丁天说：赔？你们知道我的损失有多大吗？！他长叹一口气，说：明天图书馆还开吗？

吴舟诧异地看着他，说：可能开吧。

丁天说：你们明天一早去一趟，到社科期刊室，帮我借一本

87年的《集邮》合订本。我要用。

吴舟想问他什么，但没敢开口。第二天，吴舟和于兰借好了杂志，丁天接过去，翻到某一页，说：你们看看吧。

这是一篇千把字的短文，署名“丁天”，题目是《猴票有漏印》。文章写的是丁天买了两版猴票，偶然发现其中有一只漏印的白猴。吴舟和于兰都意识到了什么，一时说不出话。

丁天说：一版猴票八十枚，现在每版市价四万，两版就是八万！你们赔得起吗？他长叹一口气道：也怪我自己，应该把它随身带着的。

于兰一直没说话，这时她的泪水突然无声地流了下来。吴舟搂着她的肩，说：丁老师，今天我们两个想请你吃晚饭。就在三友居。

丁天答应了。

晚饭很丰盛。老板主要做大学师生的生意，看到三个人一下子点了四百多块钱的菜，吃惊不小。这顿饭钱是吴舟家里闻讯后寄来的，于兰还没敢告诉自己家里。三个人闷闷地喝了不少酒，连于兰都喝了好几杯。天气很冷，丁天是越喝脸越红，吴舟脸越喝越白。三个人身上都感到有点暖。丁天说：我们干了这杯吧。他一饮而尽，说：你们说要赔我，咳，你们以后一个月挣几个钱？逼你们又有什么用呢？你们两边家里都不能帮你们什么，这我知道。

于兰红了脸，低下头去。吴舟不说话。

丁天继续说道：其实我花在集邮上的钱，也没人家想的那么多。就说猴票吧，不就八分钱一张吗？

于兰轻声说：也不能这么说。近几天，她的嗓音非常干涩，也像是被火烧过了。

丁天说：好了，赔是要赔的。你们就给个一万块吧，两年付清——他摆摆手——你们别争了。这时候，远处的长江码头那儿隐约传来了轮船的汽笛声，丁天想起了离他而去的未婚妻，长叹一口气，笑笑说：你们的爱情，是我所见过的最昂贵的爱情了。他自己又倒了一杯酒，喝了，说：祝你们幸福！

事实上，吴舟和于兰各自的心里，原本都有了分手的心理准备。现在灾难发生了，他们决定同舟共济。毕业分配时，他们主动要求一起到山东的一家收入较高的乡镇企业工作。一年后，他们还清了丁天的一万块钱。两年后，他们结婚了。丁天也已成家，爱人是火灾那一年考上的一个本校研究生，是那些从考场出来围着火烬场指指点点的人里面的一个，她非常热烈地爱上了丁天。他们两家现在还时常走动。丁天结婚时，吴舟和于兰送了一份厚礼，具体数目不详。现在丁天已经不再集邮，吴舟还在写诗，算得上小有名气。有一阵子，街上出现了不少署名“金庸新著”“古龙巨作”的武侠小说赝品，乱人耳目。丁天写信给吴舟，开玩笑说，“狂风大作”和这些倒好像是一脉相承，没准就是你教他们干的吧？吴舟和于兰看着信，笑成了一团。

1996 年

双风灌耳

关于电梯，人世间演出了多少悲喜剧呢？据说电梯曾经正中下怀地成就过许多美满姻缘，但它不也引发了不少心脏病、脑溢血吗——也许还有更可怕的哩。可以肯定的是，没有人自愿和电梯发生什么故事，因为这里的故事往往首先是事故。当然，电梯带给人的首先是快捷和方便，对一个初次乘坐电梯的人来说，感觉肯定是新奇而刺激的。李仪君入学第一天在图书馆坐了电梯，他在日记里写道："我今天坐了电梯，上下各一次。这是个多好的东西啊！有了电梯才能有高楼，如果没有高楼，城市和我的家乡还有多少区别呢。"李仪君对这种被他简化为房屋高度的区别显然十分兴奋、自豪，甚至还有一点惶恐。

李仪君和蔡林都不是来自大都市的大学生。蔡林来自一个苏北小镇，他父亲是一个拥有一家塑料回收加工厂的个体户，很有钱；李仪君则来自那个苏北小镇所在县的县城，他的伯父是副县长。他们两人到校报到时坐的同一辆长途汽车，一看都是新生但在车上谁也没好意思主动搭腔。下车后，他们被接到了同一辆新生接待车上，互相怯生生地一问（用家乡话），才知道他们是同校同系同班。到校后，他们被安排在上下床。从此以后，他们有了一种特殊的关系，最显而易见的现象是，他们一直用一种普通话化了的苏北话交谈，还有，他们经常在一块：一起上下课，一起打篮球，一起排队买饭……对了，还免不了一起乘电梯。

其实，他们并不像外人所看到的那样铁，表面现象往往靠不住。严格说来，他们的高考成绩都达不到这所重点高校的分数线。蔡林是自费的，李仪君则由他的伯父想办法将他由往届生“变”成了应届生，这相当于降低了二十分录取。这在现在的社会上都是有实力才能做到的事情，但这种事情并不像实力本身那么光彩，可以随时摆出来展示。刚进校的时候，同学们经常互相询问对方的考分，并在心里把各人掂掂分量，排排座次。他们两个都很害怕这种场合，能避则避。后来大家也就明白了，不和他们谈这些，只是和他俩有些疏远。那一阵他们两个几乎形影不离，如果路上迎面过来一个新生模样的人，他们不约而同的一闪之念都是：这人考了多少分？是不是也没上线？

后来，他们的心理也就逐渐坦然了，想想也是，谁的脑门上也没刻字，干吗自己瞧不起自己！再说，上大学是为了什么，还不是为了学点知识？那么知识又用来干什么？还不是为了获得权力和金钱？而正是在这两项上，他们比大多数同学略有所长。要知道在他们这所水利大学，绝大多数都是普通老百姓的孩子。就他们那个寝室而言，他们俩的背景是明摆的。入学才两个多月，李仪君的伯父和父亲就乘着桑塔纳来看过两次，而蔡林花钱的大手大脚甚至让李仪君都自愧不如。

现在回想起来，刚入学的那段时间是李仪君和蔡林相处得最好的日子。后来他们日渐疏远了。时隔很久李仪君还经常回想起蔡林短暂的大学生活。蔡林死后，他的床位一直空着，仿佛掉了门牙的口腔，让人无法忽略。

入学一个月后，学校要进行英语摸底分班考试，考得不好的同学将被分到慢班，甚至要改学小语种。这对每个人都很重要，大家都很重视。李仪君和蔡林更是不敢怠慢，不管怎么说，他们的身份有点特殊，如果考不好，正好给别人提供了轻侮的口实。李仪君一面拼命复习，一面还在设想可能的情况：如果两人都考砸了，当然是最惨的；但反过来，如果两人都考个好成绩分不出上下，也未必是最理想的结果，最好是一个顺利地 Pass，另一个考糟，让大家明白不能用同一种眼光看两个人这样最好。李仪君当然希望自己能够考好。从蔡林复习的狠劲和不愿让自己了解他复习重点的表现来看，蔡林的心思也差不多。考试的那天是星期一，考场在图书馆的七楼。他们两个最早往考场走。图书馆的电梯有时没有管理员操纵，他们上了电梯，按了“7”。电梯平稳地运行了一会儿，突然咯噔一下，停住了。他们两个吓坏了，他们对电梯的了解非常少。里面漆黑一团，他们使劲拍打着电梯壁，大喊：“有人！有人！”但没人听见他们的声音。他们简直要喊救命了，但他们又觉得这太夸张也太丢人了。这时候他们已经适应了黑暗，看见了那一片控制键的位置，但他们不敢去碰，生怕一碰电梯就会发疯，甚至掉下去。电梯里越来越闷，蔡林这时终于喊出了“救命”，但还是没人听见。他们浑身都淌满了汗。这时候李仪君忽然显出了他相对而言见过世面的机灵，他抓起了键盘下的电话，几乎是粗鲁地对蔡林说：“别喊了！你喊个鬼！”他借着微光把电话打到了图书馆管理站。当管理员帮助他们从电梯检修孔里爬出来时，他们浑身沾满灰尘和油污，在很多人的围观下，简直狼狈极了。他们飞快地爬了两层楼赶到考场的时候，考试已经开始了。领到试卷，李仪君很高兴地发现，考题并没有他想象得那么难，他抓紧时间做着题目，在思考的当儿抬眼看看邻桌的蔡林。蔡林做得显然很不顺，他的表情磕磕巴巴尽是顿号。后来李仪君知道了，蔡林离分数线所差的 20 分基本上都是差在英语上。

李仪君得知这一点并不是因为那一次的考分。那次的分数他们俩只相差两分，这几乎可以忽略不计。但李仪君坚信他俩的差距绝不只这一点。蔡林来自一所农村中学，一般说来英语教学水平要差一些。当然这并不绝对，关键是，英语是一门讲究熟练性的学科，一个人考英语时愁眉苦脸结结巴巴，他是不可能考出好成绩的。但蔡林的分数岂但不差，可以说还相当不错，李仪君当时觉得这非常奇怪，简直是个谜。后来这个谜不久就被解开了，李仪君发现蔡林和任课的英语教师（也是阅卷老师）关系相当密切。蔡林如愿地分在了快班，两节课的间隙，他经常和那个年轻的教师站在走廊的尽头抽红塔山，谈笑风生。可以猜想，他们之间关系的建立，正是在那次考试的前后。有理由的推断是，钱（或者其代用品）可能在其中起了相当大的作用。

蔡林从那时起开始抽烟。他常给别人递红塔山，显得客气而大方。这时候李仪君和他已经开始疏远，他们之间讲话时的苏北腔也已变淡，更接近于普通话了。

当然，他们还是同寝室的老乡，这一点并没有改变。在他们的家乡，不管是县城还是小镇，都有一个同样性质的“节日”，那就是各单位之间的篮球比赛，而这样的比赛大都是在中学的球场进行的。这培养了他们俩相同的爱好。唯一不同的是，李仪君身手不错，而蔡林一般只能当裁判。在有课的下午，他们一般把篮球带到教室，下课后直接去球场。打球的搭配几乎都是固定的，他们把衣服脱下来搭在球架下的书包上，分成两边打半场。蔡林把他钥匙串上的哨子往嘴上一叼，嚯——大家就开始比赛。这样的半场球，蔡林几乎是可有可无的角色，只能说是大家带他玩。有时大家觉得半场不过瘾（往往是场外的蔡林先提出来），就派个代表（也是蔡林）去邀另半场的同学打全场。这就有些正式比赛的味道了。裁判当然是蔡林当，因为除了他谁都不会把哨子随身带着。这是蔡林最神气风光的时候，他跟着进攻和防守的线路跑，跑得满头大汗。他的手势果断、准确，决不拖泥带水或模棱两可。他数三秒的时候取弓箭步，右手连连出指——嚯！你违例了。谁要是有异议，蔡林基本上不予理会，而是坚决地用手势宣布：下一球开始。虽然他有些过于自以为是，但大家还是愿意他当裁判，因为蔡林的裁判有一种化腐朽为神奇的点化作用，他可以让一场原本无所谓的比赛变得激烈、热闹，像正式比赛一样的煞有介事。大家都喜欢这种游戏。球场上的蔡林吸引了不少人的注意，其中包括女生怡欣。这里要提及的是，怡欣对李仪君准确的投篮，特别是上篮时的滞空也有很深刻的印象。

人数不够的时候，蔡林有时也上场客串一下后卫，但他的防守动作过于刚劲有力，锐不可当。他在一个月内打掉了两个同学的三颗牙齿，以至好几个球友一见他来防守往往略带夸张地把球主动扔掉，双手护齿。这时候大家往往笑成一团。球打到天黑看不清篮圈了才散，蔡林常常对大家说："到两棵树去，我请客！""两棵树"是一家小餐厅，门口的两棵树不给移走，索性以它起个名。蔡林常在这里吃饭。虽然他在球场上落了个"牙医"的绰号，但他的人缘不错。他在考试前总可以借到别人视若枕中秘宝的笔记本，这一点就很能说明问题。他并不用功，但笔记本往往就等于分数，他的考试成绩很是体面。

经常跟蔡林一起在"两棵树"吃饭的基本属于同学里的"中间阶层"。背景更深或者更有钱的同学往往有点高傲、神秘，他们常常不住在学校；另一些同学的生活则相当困难，个别的甚至经常只能就学校免费提供的菜汤啃馒头当饭，自尊使他们远离蔡林他们。这一头一尾的同学人数不多，所以蔡林的周围很热闹。

李仪君虽然经常和蔡林在一起玩，但他越来越明白，他跟蔡林是很难建立起超越同乡之上的友谊了。他的伯父虽然坐小车来看他，但伯父并不给他提供经济来源，他的父亲也不是有钱人。伯父虽然给他毕业时的工作分配打了包票，但毕业还早得很，这事也不像存款那样可以经常拿出来花着给人看。在大学里，没有多少人会把一个副县长和他沾满尘土的小车当回事儿，大多数人至少在嘴上是鄙视权力和腐败的。伯父来看他时，有时也和蔡林聊聊天，他总改不了一副领导的腔调，蔡林有一句没一句地搭搭腔。李仪君送伯父走时，好几次都差一点冲口而出："你以后就别来教训人了好不好？你以为你是谁呀！"他还想告诉他伯父，"我们老师都不这样讲话的，副县长离我们远得很！"但面对副县长，他终于没敢说出口。李仪君觉得没劲得很。

不久李仪君认识了女孩怡欣。其实他们在球场上早就见过，怡欣爱看球，长得又很漂亮，他们甚至互相知道对方的名字，只是没有讲过话。那天下午没课，李仪君去图书馆看书，在电梯里遇到了怡欣，巧的是电梯里只有他们两个，他们互相点点头，就没再说话。电梯升到五楼时，里面的灯突然灭了。怡欣吓得"啊"了一声。李仪君立即安慰她说："别怕，这电梯每次到这儿都要熄灯，到七楼就好。"果然灯马上就亮了。到八楼他们下了电梯，李仪君请她到同一个教室，她红着脸同意了。教室里好多人都抬起头，这时候他们两个反而坦然了。那天的自习李仪君一直心猿意马，每个字母都不陌生，但没一个公式能看懂。下自习时他俩还是一起乘的电梯，降到五、六楼时，电梯的灯又熄了，这次怡欣很镇定。出了图书馆大楼，他们在夕阳下相视一笑，仿佛成了共过患难的老朋友。

以后的几天，怡欣那夕阳下璀璨的一笑不断在他脑海里反复出现。他悄悄地用目光在教室里、在饭厅里，在校园的林荫大道上寻找她的踪影。奇怪的是，那几天他一直没再碰见她。他的内心充满了焦灼和一种从未经历过的激动。他好像有好多话要对她说，但他自己知道真的见了面他肯定什么也说不出来。他的心理还依稀残存着中学里男女生讲话总要红脸的痕迹。但他还是想见她，哪怕只是远远地笑着点点头，打个招呼。李仪君曾经鼓足勇气到她那栋宿舍楼去过，但管理站那个老太仿佛洞察一切的目光吓得他立即搭讪着走开了。他沮丧极了，蔡林喊他去打篮球时他一点也提不起精神，很勉强地答应了。他们去篮球场的路上先要经过排球场，他一眼就瞥见了怡欣的身影。他的心狂跳了几下，但怡欣并没有看见他。那天打的是全场，而且正儿八经地记了分。李仪君情绪振奋，他跑得快、跳得高、投得准，还不时地大呼小叫。天渐黑的时候，怡欣和几个女生抱着排球也围到了篮球场边，她们不停地娇笑着，指指点点。李仪君投进了一个三分球，怡欣兴奋地“嗨”一声朝他连连挥手。李仪君精神大振，如有神助。怡欣的漂亮是相当引人注目的，场上的蔡林显然也受到了刺激和感染，明显地亢奋起来。他的动作本来就十分笨拙，一经夸张简直有点滑稽。但他满不在乎，还不时左顾右盼故意引人注目。李仪君心里很不是滋味，他在蔡林带球进攻时勇猛地扑上去堵截。

两人撞在一起。因为人不够，这场球并没有裁判，大家凭自觉，本来也是无所谓的事。蔡林停下脚步说：“李仪君你犯规了！”李仪君说：“我犯什么规？”“这你还不知道？！”蔡林很牛气地说：“这是常识问题，我已经认定了这条进攻路线，你突然插上来拦我，当然阻挡犯规！”他道理很对，但盛气凌人。李仪君脱口说：“你神气个屁！”两人气呼呼互不相让。这时天已经黑了，几个球友上来说：“算了算了，不打了，天都黑了。”大家纷纷拿了衣服，汗津津地散了。李仪君回头看看怡欣，只看见她拍着排球远去的背影。

李仪君和蔡林回宿舍后再也没提篮球的事。蔡林上水房洗了洗，回来往头上抹了不少摩丝，揣上钱包走了。李仪君拿了饭盆去饭厅。宿舍里空无一人，只有日光灯发出轻微的嗞嗞声，照着宿舍里靠窗的上下床上那两堆凌乱的球衣。那个夜晚是他们两个关系亲疏变化的分水岭。李仪君当天晚上并没有看见在“两棵树”橘红色的顶灯照射下，蔡林和怡欣言笑晏晏谈笑风生的情景，但他在蔡林出事后的想象中把它补齐了。他甚至想象出蔡林去女生宿舍邀怡欣时，面对看门老太时的坦然和自信。从这天晚上开始，他俩建立在同乡基础上的友谊已经结束了。虽然他俩并未闹翻，但从此以后互相变得很客气。

事实上，李仪君的初恋还没有开始就已经被终止。作为在小县城里长大的青年，他对出身大都市的怡欣有着天生的爱慕。可以想象，吃着话梅、开心果长大的红唇对一张吃了十几年粗茶淡饭的嘴，有着多么大的吸引力。但李仪君很吃惊地发现，怡欣在路上再碰见他，突然变得很大方，主动和他打招呼，举止很得体、礼貌。可这种客气的招呼毫无底蕴，仿佛英语启蒙教材开篇的 ABC，或大字印刷的幼儿读本，令人一览无遗，绝无回味和想象的余地。那夕阳下图书馆前四目相对的抿嘴一笑，只能再出现在他的梦中了。

李仪君朦胧地感觉到了什么，他悄悄地观察着。他是个沉默寡言的人，这样的人往往有一种天生的敏感。他发现，蔡林和大家在一起的时间越来越少了，他凭着本能推断：蔡林一定经常和怡欣在一起。终于有一天，他的推断被证实了。那天，他在图书馆四楼等电梯，准备到十楼去看书。电梯在他面前停下来，门仿佛舞台的帷幕那样打开了，这时出现在他面前的是电梯里蔡林和怡欣互相依偎着的情景。他的头好像被谁打了一闷棍，“轰”的一下。三个人都说不出话，好一会儿，怡欣期期艾艾地说“你好”，李仪君茫然地点了点头。她还想说什么，电梯的门已经自动关上了。李仪君机械地迈动双腿，一阶阶下了台阶，走出图书馆。他在图书馆前的草地上坐了很久，直到图书馆熄了灯，宿舍区也逐渐安静下来，他才回到寝室，不声不响地钻到床上。他忍不住朝上床瞥一眼，蔡林的床仍然空着。夜很深了蔡林才回来，躺在床上还在不断地翻身。李仪君的头昏昏沉沉，迷蒙中他感到蔡林的床像一台巨大的压力机，缓缓地向他压下来，他猛地惊醒了。

李仪君和蔡林越来越生分了。蔡林上床的时候甚至已经不踩在李仪君的床上，而是直接踩在桌子上往上爬。像一切恋爱成功的人一样，蔡林显得很大度。寝室里很挤，李仪君有时坐在桌前他不好走路，他不是请李仪君站起来，而是从桌子另一边绕过去。这样的大度使李仪君耿耿于怀。他并不是偏要和蔡林比出个什么，但他俩是老乡，他又悄悄爱着怡欣，就好像同一个田径场上一起出发的两个选手，自己落后了。他无法排解失败者的沮丧。那些天里，李仪君头脑里经常浮现出电梯里蔡林和怡欣相依相偎的情景。他想起自己初次乘电梯的新鲜劲儿，不禁苦笑。他有时漫无边际地瞎想，他想电梯肯定是世界上最不自由的交通工具了，上封顶、下至地，一条竖井还要等分成若干段，到了楼层才能停；在楼层中间停下来人人都要骂。电梯如果像人那样有脾气、会发火，没准哪天会一路狂奔冲向楼顶，像礼花甚至导弹那样喷射出去，那才叫壮观哩！想到这里他悚然一惊，觉得自己的心理过于阴暗，太可怕了。他提醒自己不能再这么乱想了。

李仪君的心情很抑郁，他很难一下子摆脱这种心境。如果说恋爱是一曲缠绵动人的歌，李仪君在心里酝酿了很久，刚要唱出来，却出现了一个更有魅力的歌手，而且夺走了他唯一的听众。他也曾想过把自己的内心话去向怡欣倾诉出来，但他很快发现，他既没有机会，也没有必要了。班上的同学看见，蔡林配上了一个 BP 机，他们都以为他在做生意。其实蔡林对赚钱没兴趣，他有钱。李仪君心里清楚，这是为了方便和怡欣约会，而且他猜怡欣肯定也配了一个。学生宿舍的电话不传呼，用 BP 机装备起来的爱情既夺目又牢固。这笔费用当然是蔡林付的。在这样一个电波弥漫的世界上，爱情也拥有了新的途经。

蔡林哪一点比自己强呢？假若撇开其他身外之物，光从两个人本身来看，学识，相貌，他哪一点都不如自己，但是在这所大学里，每个人都是带着自己的经历和背景走来的，而钱既是背景，又是现实。这个世界给蔡林提供了更多的机会。如果说机会是一扇扇门，也许钱就是钥匙吧。

李仪君回避着蔡林，恨他的钱。

日子平常地过着。李仪君和蔡林各忙各的。出事的那天，他们都在图书馆十楼的教室里看书，他们的座位隔得很远。李仪君坐在最后一排，他看见蔡林的身边是两个外系的男生。怡欣没有和他在一起，李仪君觉得稍稍有点奇怪。

以后的经历李仪君已经不知陈述多少遍，那个黑脸的警长一再追问他，“你再想想，你还知道别的什么？”李仪君被他弄得极端烦躁，他大叫道：“我真的什么也不知道！我知道的全都讲过了，你们要逼我撒谎吗！？”警长说：“你别误会。你是死者的同乡，又同宿舍，当天晚上你和他在一起自习，而且——”警长加强了语气，“你一下子就肯定了死者的身份！你可能了解一些别人不知道的情况。”他提示说：“你再想想吧。比如说 BP 机。”

“是的，他的 BP 机响过。不过这我好像说过了。”

“说过没关系，再说。”

李仪君说："BP 机一响，好多人都看着他，他离了座位，就出去了。他大概是去打电话。"

"图书馆十楼有没有电话？"警长问。

"我没有在这儿打过电话，我不知道。"

"我们知道十楼没电话，那你知道是谁 Call 他吗？"

"我不知道。"李仪君干脆地回答。

"BP 机没有摔坏，上面的号码是学生宿舍区里售货亭的公用电话。你能不能推测一下是谁 Call 他呢？"

"我不知道，反正不是我。"

"当然不是你。你再想想可能是谁。"

"你们别抱希望，我想不出。"李仪君很坚决地把话说死。

那天晚上蔡林在看书。怡欣不在身边，他有点心神不定。突然他书包里的 BP 机响了，这招来了很多不满的目光。他急忙取出 BP 机摁掉鸣音，他知道是怡欣在呼他。他草草收拾了书包，出了教室。他并没有去找电话，而是直接奔了电梯。他一看号码就知道，怡欣正在售货亭那儿等他，他直接去就是了（这一点李仪君没有猜对，他差一点就全对了）。他来教室的时候是乘的电梯，这会儿电梯却黑沉沉的，指示灯不亮。走廊里的灯幽幽地照着。

蔡林在灯光下犹豫了一下。

他好像打定了主意，走到电梯那儿，用力地扒门。他不知道整座大楼的动力电都停了，但照明系统还亮着。他以为只要打开电梯门，走进去，就永远有电梯在等着他。他憋足了劲，门一点点地被扒开了……李仪君想，以往的生活给蔡林造成了多么可怕的思维定式呀！门被扒得已经可以挤进一个人时，蔡林毫不迟疑地跨了进去！黑暗立即把他吞没了，他的双耳立即灌满了巨大的怪异的隆隆的风声。他“啊”了一声，但他的惨叫被已经关上的电梯门闷在了黑沉沉的竖井里。电梯离教室还有一段距离，没有人听见他留在这个世界上的最后的声音。又过了一小时左右，同学们下了晚自习，一群群地谈笑着拾阶而下，谁也没有发现什么异样，看起来也确实没有什么异样。

第二天早晨，图书馆的电梯女工刚打开停在一楼的电梯，一股浓烈的血腥气就扑面而来。她捂住鼻子，干呕了几下，然后她的目光停留在地上的一摊紫黑色的胶状物上，她歇斯底里地尖叫了一声，身体一下子靠在电梯壁上，慢慢地软了下去……

正是上班上课的高峰时间，消息一下子传开来。刑警们赶来的时候，电梯前已经围得水泄不通。他们封锁了现场后奇怪地发现，地上那摊血迹正上方的检修孔四周，有很多紫黑色的类似于钟乳岩的笋状物。后来他们终于弄懂，那是血液长时间滴落形成的。死者俯卧在电梯顶上，已经面目全非，一时无法辨认他的身份。后来刑警们才知道，其实死者有一个随身携带的书包，从里面可以很容易地找到他的班级和姓名，只是坠落时掉到电梯井底下了。他们当时只好通过学校的系统层层下达，要求各班级查找昨夜夜不归宿的失踪人员。

李仪君知道蔡林一夜未归，但他并未在意，因为蔡林最近经常这样。事后他也曾反复追问自己，那天夜里他是否真的一点预感也没有，回答是肯定的：确实没有。那天早晨他没课，一听说图书馆出事的消息，他立即意识到，是蔡林，肯定是他！李仪君气喘吁吁地赶到图书馆，看见电梯前被画上了白线，几个警察正在维持秩序，有人在拍照，闪光灯一闪一闪的。他无法看见电梯顶上的情况，情急之下，他大声说："这是我们班的蔡林，我知道肯定是他！"立刻有几个警察（其中有两个便衣）把他带进了边上的一个房间。

一个多小时的反复盘问弄得李仪君疲惫不堪。警长要求他随叫随到，他茫然地点头应了。他走出了图书馆，强烈的阳光照得他头晕目眩。他下意识地四下张望了一下，突然间心咯噔了一下，他看见远处浓烈的树荫下有一个熟悉的身影，正远远地朝这边张望。他知道那是怡欣。路过树荫的时候，怡欣迎上来，想说什么，李仪君只咧了咧嘴做了个笑的表示，就走远了。他头也不回地走出了这段经历。

这个世界上并不是每个人都会亲身经历这样的事，可以预见，李仪君的脑海里有一段记忆将长久地在这段往事里徘徊。

1996 年

镜子里的陌生人

1997年上半年，在盼望多年后，我终于分到了一套住房。住房不大，算是一个小套，包括一个房间一个阳台，还有厨房和厕所。拿到新房钥匙的那一刻，我非常兴奋，要知道，为了得到一方自己的天地，我朝思暮想了多少年啊！此前我一直住在集体宿舍，为了能有个地方让我搬出去，我想了不少办法，找了不少关系，经常还有所破费，但一直都没有成功。原因很简单：要分房必须先结婚，可我谈了几个对象，最终都吹了，原因就是我没房子。这是一个怪圈，但生活里的怪圈是那么多，我也懒得去说它了。所幸的是，我的年龄渐渐大了，到了1996年底，终于达到了大龄未婚青年的标准，根据单位的另一个分房规定，晚婚晚育者到一定年龄就可以分小套，就这样，我分到了这套房子。

房子是有了，但它小，而且是旧的。厨房里油渍拉乎，厕所的蹲坑上满是黄色的尿垢，几乎所有的地方都留下了原来住户的痕迹。房间的墙上歪歪扭扭地写了一行字“爸爸骗人是个大坏蛋”，字是用水彩笔写的，离地半人多高，想来正是那个小孩的身高。我花了两天的时间清扫垃圾，又去找了一瓶稀盐酸，用来刷除厕所的污垢。最后房子算是干净了，我身上却臭得不行。幸亏天气已暖，可以在家里洗澡了，我到厨房烧了一壶开水，把自己冲洗干净了，然后我就开始搬家。

搬家总是很忙的。虽说是单身汉，但我东西很多，零零碎碎，杂七杂八，有不少磁带，还有激光唱片，更多的是书。原来那些书大多被塞在床下，现在可以上架了。我陆陆续续地搬，每天带些东西上楼，并不着急。我还要去买一些家具，甚至还想把房子小小地装修一下。总之，很忙。

现在你知道了，那段时间我很忙，正在搬家。

我是一个高校出版社的编辑。编辑做的那些事，你们都知道。有些编辑除了编书，还干些买卖书号上下其手的事，我基本不干。工作上我不算很忙。我知道现在有种说法叫“拓展生活空间”，其实说白了，就是学习长在地上的树，把根系悄悄地向四面八方伸出去，汲取营养，再说白了，就是多挣些钱。这些我懂，但我总的说来是个安分守己的人。现在又分到了房子，算是刚有了自己的生活空间，很想以此为契机，好好地生活。当然我得承认，看到别人都活得那么兴旺，那么来劲，自己心里有时也难免有所感触。但我首先得把房子弄好，对不对？

那个电话打来的时候我正在办公室里看稿子。小韦对我说：喏，你的电话。我接过电话，问道：喂，请问找谁？

对方是个男声，他说：是朱老师吧。

我说：我就是。请问你是——

对方回答：我是邮电学院学生会的，我姓蔡，是学生会宣传部的。

我愣了一下，邮电学院？学生会？我有些奇怪，问：有什么事吗？

对方说：是这样，上次你让我们代卖的那几箱激光唱片我们卖了两天，不太好卖，所以我们跟你联系一下。

我“嗯”了一声，听下去。

对方继续说：我们想请你把唱片拿回去，或者我们给你送去也行。

我沉吟着，我想我首先需要一点时间，理一理自己的思路。我说：啊呀，我现在手上正有个事，你把电话号码告诉我，一会儿我给你打过去，行不行？

对方报了他的号码，我用笔记下了。

我坐在那儿愣了一会儿神。前段时间我干了什么，或者没干什么，我自己很清楚。这事来得突然，也有点蹊跷。我把桌上的稿子收拾好，走到出版社的资料室，那里空无一人。

我拿起报架上的报纸，翻了一会儿，然后走到墙角那儿，把电话又打了过去。

这次是一个女生接的，我让她找一个姓蔡的同学。我听见那个女生开玩笑地喊：蔡部长，你的电话！然后是一阵由远及近的脚步，那边蔡部长拿起了电话。

我说：那事我想了一下。这样吧，上午我要坐班，走不开，下午我过去，怎么样？

他说：那好吧。要是我不在，你就找一个姓李的女生，就是刚才接电话的那个。她下午值班。

我问：那其他的事儿呢？

他说：反正也没卖多少。我已经交代她了。

放下电话，我回到办公室继续看稿。看了几页看不下去，跟小韦打了个招呼，就上街去了。

我的书不少，但没有我现在急用的。我到新华书店买了本《家庭装潢》，又顺便去家具店转了转。我没有再买别的东西，一是这趟原本就没打算买，二来我总得先看看书再说。我的东西塞在单身宿舍时倒也没觉得多成什么样，现在一搬，觉得多得不行，相比之下，新房子还是显小了。虽然现在多了厨房和厕所，但我的绝大多数东西并不能摆在那里边，对不对？我在乱七八糟一片狼藉的房间里认真地研究那本新买的书。书上说，对一个试图扩大自己居住空间的人来说，有几种办法可供选择：一是彻底破墙，将几个小空间连成一体；二是局部破墙，做一个古典式的花窗，增加视线的延伸度；还有一个办法，工程量最小，也最方便，那就是在墙上装一面大镜子，以此增加房间纵深感。作者在最后还暧昧兮兮地说，在卧室里装上一面大镜子，很可能还会给生活增添某种新的乐趣。看到这里我哑然失笑，我觉得他讲得不无道理。反正我就一个房间，无所谓卧室还是客厅，要装镜子，只能装在正对着房门（也就是家门）的那面墙上。好的，就这么定了。

说起来可怜，我目前只有一面差不多和我的脸等大的镜子。我打算抽空再上街看看。

我有睡午觉的习惯，但那天中午我没有睡着。我得承认，我心里有事儿。两点钟时，我出了门。我先在楼下打了个电话跟邮电学院的学生联系了一下，然后我就骑上了车；车后还夹了一团绳子，不用说你也知道，那是用来绑那些货的。邮电学院离我们学校大概有五站路的距离，二十分钟的时间也就到了。学院的大门那儿立着一个牌子，写的是：进入校园请出示证件，但门卫并没有拦我，因为我的穿着打扮一望而知是个教师（有的教师现在已经不像是个教师了）。我依着一个行人的指点，很快就找到了学生会所在的那栋三层小楼。

小楼很旧，是一栋老式建筑。走廊里乱哄哄的，某一个房间里有什么人正在练习架子鼓，听上去很像是哪一个厨师的即兴表演。总之，很乱。是一种大学学生会里的通常气氛。宣传部在二楼，门虚掩着，我敲敲门，里面说：请进。我走了进去。

里面只有一个人。是个女生，长得挺漂亮，很像演电影的宁静，只是没有宁静胖。她正在看书。见我进来，她抬起了头。

我说：我是师大的……

女生说：啊，你是朱老师！

我说：对呀。我知道你姓李，你正在等我，对不对？

她高兴地笑了起来，说：本来没我的事，他们都上课去了。她指指墙角说：喏，东西都在这儿。

一共是两只箱子，看上去略显凌乱。看来他们是真的卖不出去。姓李的女生对我说：总共只卖了不到二十张。我们学校的男生特小气，只看不买。

我笑着说没关系。

女生帮我把箱子搬到桌子上，把唱片往里边整理。她说：你点一下吧？

我说：不用了。我还不相信你们？

女生手里忙着嘴里说道：其实这里面有不少还是满好的，他们不识货。

我说：那你挑几张，我送给你。

她扬起她好看的眉毛，问：真的？

我说：我还能骗你？

她高高兴兴地挑了几张，放到自己的抽屉里。她拿出一叠钱说：卖的钱还没给你呢。

我一手一只把两只纸箱夹上，对她说：总共就卖了那一点，算了。就算我也送了他们一人几张唱片吧。

她说：那怎么行！

我拦住她：别说了，这是小事一桩！不等她再争，我转身往门外走去。临出门时，我微笑着问她：我们以前从来没见过面，我拿走这么多东西，你就不想看看我的证件？你不怕我是个骗子吗？我放下一只箱子，把工作证递给她。她笑着说：怎么会呢！说着，还是接过去扫了一眼。她把地上的那只箱子递到我膀子上，问：要不要我帮你？我说不用，我带了绳子，好弄。说话间我瞥见了桌上有一张名片，我眼睛不好，看不清楚，只觉得眼熟。走到楼梯口时我才反应过来，那桌上摆的，正是我自己的名片。

此后的那两天，我的搬家计划被稍稍改变了。其他事暂时搁下，我每天都蹲在家里听唱片。那个"宁静"说得对，好唱片还是不少的。我把自己的那"爱华"牌的两个音箱四处摆放，终于调到了一个最佳位置，然后我就听，听，听。听到后来，音响关掉了，耳朵里的音乐还在响；我出了门，音乐还跟在我的脑子里。这可有点不妙。余音绕梁还行，三日不绝可就不是什么好事了。我得赶紧换换脑子。我上了街，到各处转转，去看看那面要买的镜子。我跑了好几个地方，谈价钱，谈安装，走出一个商店时我突然发现，头脑里的音乐不知什么时候已经被关掉了。

但是我心里还是有点忐忑不安。唱片的数目太大，大概还有四百张。这实在是太多了，是不是？——还是先不去管它吧，把镜子先买回去，装起来再说。

第一天交钱，第二天下午两个工人就带着镜子上了门。他们两人搬着镜子嘴里互相提醒着，小心翼翼地上楼；镜子反射着走道里的墙，一晃一晃地，看上去他们像是把一块切割整齐的石灰墙给搬上来了。忙了个把钟头，天黑时，镜子就装好了。

这是一面像墙那么大的镜子，装在我唯一的房间里。镜子上有些灰，还有些工人们留下的手印。我找了块抹布，把它擦得干干净净。

看上去真不错。平平光光，瓦亮瓦亮，乍一看，房间还真像是延伸了一倍——我有了一间大房子，只是有一半走不进去。不过这没什么，至少看上去它确实是大了。我面对镜子，左走几步，右走几步，镜子里的那个人也在走。我突然想起了什么，凑到镜子前看看自己，看着看着，觉得有一点陌生。

好了，不多想了。我不打算再搞什么其他装修了。明天开始集中精力搬家吧。

真正干起来也还是挺快的。几天之后，该买的，该搬的，基本都弄好了。

那天我处理了不少事。发了一部书稿，打了不少电话，也接了不少电话。临近下班时，我正在看一部新的书稿（这是我的本分，对吧），小韦把电话递给我，说有人找。我接过电话，传来了一个陌生男人的声音。他问：你是朱辉吗？我说是。他的声音很沙哑，像只鸭子，听上去很不舒服。我的心里涌起了某种预感。

那边嘿嘿地笑了起来，一抽一抽的。他说：朱老兄，你可真会开玩笑啊！

我警觉地问：什么玩笑？你是谁？

那边说：我是你的朋友。

我说：请原谅，我记不起来。我心里想，我有个朋友讲话像只鸭子吗？

他说：唱片你听得怎么样啦？

我愣住，一时没有说话。然后我讪笑着说：这关你什么事？

他说：好了，玩笑已经开够了，现在该把东西还给我了吧？

我说：先别提东西。我问你，你为什么要顶着我的名义去骗人？

他说：我骗人了吗？我没有骗人。他们帮我卖唱片，他们也可以赚钱。听上去他倒是理直气壮。

我气愤地说：可是你用了我的名义！

他又嘿嘿地笑了：现在我们两清了，我的唱片你也欣赏了好几天了。怎么啦，你还想吞了？

我骂道：你这个骗子！

那边冷笑起来：是的，我是骗子，可你不也骗了那些学生吗？你也不是什么好东西！别忘了，你可是个大学教师。

我一时语塞。半晌，我说：我倒想问你一下，我的名片是谁给你的？

他嘿嘿地笑起来，一抽一抽的：这你就别管了；你想想，谁的名片我搞不到？

我骂了一句，把电话挂了。

小韦一直在旁边听着。他一脸狐疑。我告诉他，有个骗子拿我的名片骗人，被我识破了。其他我没有多说。

我继续完成搬家的最后的一点扫尾工作。我总得把家弄好，是吧？麻烦显然出现了，但我并不认为它是因我而起。事端并非由我挑起。我只是以牙还牙，以其人之道还治其人之身。我承认我现在心里有点发虚，软软地没个着落，但我坚持认为我并没有做错什么。

第二天下午下班后我回到家，发现那面像墙那么大的镜子歪了下来。我的人明明是直直地站在地上的，但看上去好像是歪了。就是说，人是直的，影子却歪了。都说人正不怕影子歪，但我一时竟不知道该怎么站了。我检查了下，原来是固定镜子的几个螺钉松了。当时我还夸那两个工人，说他们手快，现在明摆着，这是偷工减料的结果。幸亏我还没把商店的电话号码扔掉，我下了楼，给商店打了个电话。他们理亏，态度倒很好，答应马上就派人来修。

我心里很烦。工人再来时没有给他们好脸色。我站在那儿看着他们干，当一个旁观者。他们这一次很聪明，先在墙上画了线，然后把下面一排钉子打好，再把以前的钉子拔掉，镜子就稳稳地沉下来，托住了。看来他们是返工的老手。他们在镜子四周钉那些固定边框的小钉子，手上的活轻松下来，就开始跟我闲聊。我有一句没一句地答着话，爱理不理。乒乒乓乓地已经够烦了，还要啰里巴嗦地说话，烦不烦人？况且，跟他们有什么好说的？

房间里很乱，搬家的东西还没有归置好，他们干完了，还不走，坐在我的床上信手乱翻。其中一个看到了那些唱片，哇地叫起来：天啦，你怎么有这么多唱片，乖乖！我不理他。他们抽着烟（他们自己带的），另一个人挑出一张杰克逊的专辑问他的同伴：这个怎么样？我冷冷地说：我的音响坏了，没法听。我看着镜子里的影子，镜面上脏兮兮的，有三个人在一个很肮脏的空间里活动。三个人的影子都很模糊，看不真切。我坐得最远，只呈现一个灰色的侧影。我的房间已经够小了，摆上东西，转身都很困难，现在一下子多了两个人——不，是多了四个人；六条影子都挤在我的视线里——我心里觉得拥挤得厉害。

他们终于察觉出我的冷淡，自觉没趣，搭讪着走了。他们空空的足音在走廊里回响。

这天下午下班前，我又接到了那“鸭嗓子”的电话。他说：我们还是客气点儿好不好？你不要敬酒不吃吃罚酒！我想告诉他，我并不想将他的唱片据为己有，但为了自尊，我没有开口。他威胁我说：告诉你，省新闻出版局的金处长就在我身边（我确实听到他身边有个人在帮腔），我想去拜访你一下。他阴笑起来：我知道你正在搬家，你总不会认为我会找不到你家的地址吧？我一直没有说话。他最后打着哈哈对我说：东西要真是你的你可就麻烦啰，你是干出版的，不会不知道贩卖非法音像制品是犯法的吧。丢下这句话，他就把电话给挂了。

我现在只剩下一件事，那就是等着他。我站在镜子前面，房间里除我之外还有一个人，我的影子。我再一次感觉到空间的拥挤。我已经意识到，装一面镜子，绝不是拓展空间的什么好办法。应付生活当然需要对策，有人侵害了我，我总不能无动于衷。但我显然做错了一些什么。我在镜子前来回走动，镜子里的人在学我；有人欺骗了我，我又去欺骗了别人。我扭头对着镜子，仔细端详着镜子里的那个人。这是谁？他是我吗？他现在还是我吗？我对自己感到了由衷的陌生。一时间，我真想把这面镜子给退掉。但是我知道，这是不可能的。你选择了这面镜子，你付了钱，你就再也不可能把它退给谁。此刻，我对一切都感到了无边的厌倦和后悔。

1997 年

老　汤

徐扬庄十家就有九家是土壁房，友根家也是。别人家的房子都是土灰色的，只有友根家的南墙是黑红色；人家的土壁墙上也长草，但谁家的草也没有友根家墙上的草那么发旺，因为他家的墙土营养特别好。他是个杀羊的，墙上到处都是羊血，那是上好的草肥。

墙上也不是到处都长草，有那么一块地方，大概一个方桌那么大，寸草不生，油光锃亮，那是羊子的身体蹭的。屋檐下有两个钩子，友根每天早晨把要杀的羊从圈里赶出来，瞅准了，一脚踢翻，踩住，手起刀落。羊杀好了，往钩子上一挂，剥皮，开膛破肚。那块不长草的地方好像上了上好的荸荠漆，太阳光从某个角度射在上面，竟有些晃眼。学校的小学生见了，觉得这很像学校的操场，四周长草，中间却是光的；或者竟有些像教语文的那个张老师，他年纪轻轻就谢了顶。

友根大概有四十多岁，或者已经有五十了，总之是个老光棍。他似乎从来就没有父母，也似乎一直就是那么老。据说他的羊肉手艺是祖传的，但没人提他的父母，他自己也不提。他做的羊肉香辣鲜美，确实非常好吃。从徐扬庄出去的人到了外地，提起那个地方，首先想起的往往就是友根的羊肉。友根的羊肉之所以好吃，秘密大概就在他的那口大锅里。锅非常大，大得小孩可以在里面洗澡，里面的汤据说几个月都不会见底，是真正的老汤。老汤养肉，有人说随便什么肉放在里面都会煮成好肉，甚至连臭肉都行。不过谁也没去试过，因为友根轻易不给别人见他的锅。友根把羊杀好了，洗一洗，整个扔在锅里炖，炖上几个钟头，到了下午，香味飘出来了，羊烂了，铁钩子一甩，把羊拖出来，撕开来卖。他每天杀两只羊，到了天黑基本卖完；还有点杂碎，留着自己下酒。每天杀两只，想想，友根一辈子杀了多少羊呢——真是个可观的数字。

徐扬庄本地不产羊，哪家偶尔喂一只，那是留给自己家的。友根杀羊，要到“海里”去买。“海里”就是靠近黄海边的大丰东台一带，离徐扬庄有八十多里。友根十天半月去买一次羊，羊贩子们也经常会把羊直接送上他的门。羊群到来时总是黄昏时分，苍茫的田野上，一大群白晃晃的羊“咩咩”地叫着，沿着田埂涌过来，羊蹄在路面上击打出细碎杂乱的声音。天色昏暗，大地也是暗淡的，友根挥着树枝走在羊群的后面，远远看去，他好像是把一大片成熟的棉花唤出了地，赶上了路。羊的足音从村中穿过，放学的孩子们常常会跟在后面追看那些停下来翘尾巴拉屎的羊，拿土块砸它，让它把碎碎的屎拉上好一段路。羊群进圈以前要穿过整个村庄，因为友根的家在村子的西头。进圈以前羊都要长长短短地叫上好一阵，你呼我应，整个村子都能听见。它们在“海里”也是从各家收来的，但现在看上去，它们可没有什么两样。白色的羊涌进了羊圈，昏黑的羊圈一时间似乎亮堂了不少。

放学的孩子又看见了友根，还有他赶回的羊群。羊群涌过来了，白漫漫一片，来势很猛，小孩闪到路边，一直退到沟边上，差点就掉到沟里去。同伴不在的时候他其实是有些怕这个阵势的。羊群过去了，友根也过去了，还回头冲他做了个怪样。这时孩子发现羊群里有只黑羊，浑身都是黑的，身量略小，前前后后地乱跑，显得特别地不安分。它怎么会是黑的呢？难道羊也可以是黑的吗？这个孩子以前还从来没见过黑色的羊。他觉得奇怪。想问友根，但他已经过去了。他突然想起了自己家的猪，它就是一个黑色的家伙。既然猪可以是黑色的，那羊为什么不行呢？他还见过花猪哩。也许下次，友根还会赶回一只花羊呢！他很想看看，花羊到底是个什么模样。

小孩子跟在羊群的后面。他的家正好也在同一个方向。这时他发现友根的身后跟着两个女人。两个女人一老一小，小的二十左右，老的看上去跟友根差不多大，是个老太婆。老太婆拎着个黑包，姑娘空着手。前面的友根不时回过头看看两个女人，招呼她们说，快了，前面就是。两个女人都没有说话，但这个孩子一眼就看出她们不是本地人。这有点奇怪。但孩子没往心里去，他对那只黑羊更感兴趣。他跟在后面，想等那只黑羊拉屎，看看是不是有点特别，它拉的屎是不是特别的黑呢？黑羊前后乱窜，不时在路边啃一口草，但一直等到进羊圈也没见它翘一下屁股。小孩子略略有点失望。他看到那两个女人跟着友根回家，但他没在意。

他这个年龄的孩子，对很多事是没有什么兴趣的。

友根去买羊，还带回了两个女人，这件事很快就在村里传遍了。那几天，去友根家的人特别多，大家主要是去看那两个女人。友根家很热闹，羊在圈里叫，屋子里也是人来人往，走了一拨又来了一拨。友根看上去很高兴，掏出他的“红波”香烟，一支支往人手里塞。人家手里还没抽完，就往人耳朵上夹。两个女人都换上了干净衣服，并排坐在长凳上，抿着嘴不说话。那个孩子也跟着来了。他想，她们身上的衣服肯定就是装在昨天那个老太婆拎着的黑包里的吧？孩子们里里外外地乱跑。那个孩子告诉他的同伴，羊圈里有只黑羊，是他最先看见的。黑羊在羊圈里吃草，别的羊并不歧视它，它也不犯嫌。他们回到友根的屋子，那个老太婆已经站起了身，从她身上的蓝色衣服里摸出了一把水果糖，塞给孩子们吃，孩子们拿了糖，又一窝蜂地涌到羊圈那儿，他们要看那只黑羊拉屎。黑羊一直在吃，吃着吃着，它终于撅起了屁股，它拉了！他们看到了那些屎，看上去比满地的羊粪还真是要黑一点。他们大感奇怪，拿土块砸它，想听它叫一叫。这时那个老太婆出来了，看到孩子们在砸羊，脸上有些发凶，问，你们干什么？！小孩子有些怕，都一愣。那个孩子心里想，这关你什么事？不知谁带的头，哄一声全散了。

两个女人，到底哪个将是友根的老婆呢？但不管怎么说，友根肯定是有老婆了。不几天，友根家前的空地上扯出了一根麻绳，两个女人把友根的衣服挂得满绳都是。那个姑娘把衣服从大木桶里拎出来，用力绞干净，递给老女人，老女人接过去抖一抖，哗！哗！往绳子上挂。绳子吃重，弯弯的都要断了。友根在她们的身后剥着羊皮，太阳很好，照得他头上汗津津的。他的手上血糊糊的，不时回头和两个女人说说话。女人的口音是“海里”的，弄得友根的腔调也有点古怪。不过旁人还是能听出来，友根叫那个老太婆“哎”，叫那个姑娘“兰英”；那个姑娘喊那个老太婆什么，一时听不出，过了些日子大家总算听清了，她叫老太婆“妈”，但听上去总不那么顺溜，有点别扭。小孩子在无人处悄悄地学着喊：“妈——妈——”心里想，谁会这样叫他的妈呢？

几天后的一个傍晚，友根家的方向传出了鞭炮的炸响。噼里啪拉，炸得村里的麻雀全都飞上了天，在空中乱叫着瞎飞，好像它们全被鞭炮击中了。麻雀们在天上绕一绕，一会儿全都没影了。大家赶到友根家时，散在地上的鞭炮还没炸完，零零星星在地上乱响。友根拿着带锡箔纸的“飞马”烟，见人就敬一支。他满面放光，看上去还有点不好意思。那两个女人呢，老太婆不见了，友根示意她待在房里；那姑娘前前后后地忙着，给每个小孩发两颗水果糖。她的头发上抹了水，或者是油（该不是友根的羊油吧？），大辫子乌黑油亮，在背上晃来晃去，像条乌梢蛇。大人抽烟，小孩吃糖，这和她们初来时的那天一样，但今天多了鞭炮。连小孩子都知道，今天友根结婚了。结婚的新娘子应该躲在房里，所以友根的老婆当然就是那个老太婆。大人们和友根打着趣，高声谈笑，等那个姑娘一出门，他们就在她背后冲着友根直拍大腿，还“嗨嗨”地叹气。小学里那个秃顶的张老师也在，他问：你怎么要了这个老的？你这个笨蛋啊！友根只是嘿嘿地笑，搓着他的手。张老师又说：好好的一块羊肉啊，到嘴了还不吃！呆！友根看看门外的姑娘，脖子一梗道：我们说好了的，这关你什么事？！他急眼了似的说，人又不是畜生，怎么能乱来？看他动气了，大家全笑起来。

孩子们挤在门外的空地上，嗡在一起抢着地上未炸的鞭炮，这是他们最来劲的事。村子里哪里有鞭炮响，哪里就会有一群孩子扑在地上抢。鞭炮抢到手，在头子上撕一撕，露出捻子，从大人手上讨根香烟过来，像模像样地叼在嘴上，不时点上一个——啪！比什么都快活。成串的鞭炮响过了，总有零零星星的“啪，啪”声还要在村里响上好半天。舍不得放的孩子甚至第二天口袋里还有鞭炮，带到学校去吓人。小孩并不觉得友根和那个老太婆结婚有什么不好，至少她这会儿只能待在房间里，不会出来骂他们。孩子们无端地觉得那个老太婆很凶，他们不喜欢她。现在她被关在屋子里，他们可以放开手脚来玩。

孩子们把鞭炮点起来，往天上扔，看谁扔得高。那个叫兰英的姑娘正好从屋里出来，一个鞭炮掉到她脚上，“啪！”吓了她一跳。孩子们以为她要发火，怔怔地看着她。不想她扬扬眉毛，只把嘴生气似的抿一下，倒笑了。那个扔鞭炮的小孩子想起她给的糖，从口袋里摸出来，把糖纸撕掉。糖有些发黏，纸撕不干净，小孩子囫囵地把糖含在嘴里。他的舌头舔着糖上黏的纸，一时舍不得咬碎。

这时候他听见了一声咳嗽，仿佛有谁敲了一声破竹子。一看，友根家西房的窗户上露出了一张脸，是那个老太婆正扒着窗户朝这边看。她张张嘴想说什么，但又忍住了。小孩子还从来没见过这么老的新娘子，她的头上还戴了一枝红颜色的花，但小孩子看不出那是一朵什么花，反正他从来没见过。花是红的，脸是黄的，怎么看都像是两码事。她见小孩子在看她，突然喊：你们——小孩子一扭身，跑了开去。那老太婆长了一个鹰钩鼻子——小孩子当时还不知道这个说法——他只觉得这老太婆的鼻子和鸟鼻子一样。透过窗棂看过去，老太婆活像是一只阴森森的黑鸟。那种黑鸟总是落在树梢上，一见有人走近就死命地“嘎嘎”地叫，叫得你心惊肉跳，直想逃走。小孩子一贯害怕这种黑鸟，他把它们叫作“警报器”。老太婆虽然没有喊出什么，但小孩子还是离开他的同伴们先走了。

他又到羊圈去看看那只黑羊，黑羊正在安静地吃草。这时那个姑娘兰英抱着一抱草走了过来。她把草往羊圈里撒，小孩子从她手里抽了一把，把那只黑羊引过来，让它舔自己的手。兰英冲小孩子笑笑，伸手把他头上的一根草扯掉。小孩子好像要说什么，脸红一红，没有开口；他们什么也没有说。小孩子认生，大概兰英也还认生吧。

那边好多人走了过去，是村上的人散了。走过羊圈的时候，那个秃顶的张老师对什么人说：友根这房子不吉利，一股血腥气，煞气森森的，不是好兆头。有个人说：杀羊的能没血腥气吗？以前不就是这样啊？秃顶老师说：以前是以前，那是时间未到。正说着，看见兰英，立即住口了。兰英显然听见了，但她似乎一时还听不懂当地的话，一脸迷惑不解的神色。她看看小孩子，小孩子也看看她。孩子心里有点内疚，觉得很对不起她。

友根的家里有了人气，像个家的样子了。他的脸上几乎一天到晚都是红堂堂的，以前他只是傍晚吃了羊杂碎喝了点酒时才是这个样子。现在他羊杂碎不吃了，说是老太婆不让吃，留着卖，但他脸上倒是整天都红，而且冒着油汗，让人怀疑那是羊油。他身上的羊膻味也轻了，兰英经常吭哧吭哧地在太阳下趴在搓衣板上洗衣服。那个老太婆也很忙，她东转转西看看，腿不停，嘴不闲，手里倒不见有什么事。有人来了，老太婆马上就会上前招呼，称肉，收钱，全由她来。以前友根把卖肉的钱装在一个大搪瓷杯里，现在老太婆把钱装在她身上的围兜里。她的围兜上有个口袋，差不多和围兜一样大，不知能装多少钱。村上人公认，除了干部，友根肯定是村上最有钱的人，小孩子想，友根的钱现在都装到这个老太婆的大兜里去了。中午，羊还煨在锅里时，友根一家全在屋后的小菜地里忙活。友根出羊圈，把羊粪往地里撒，兰英挥着钉耙松土，老太婆在田边拔草，抱过去给羊子吃。全村人家没有哪一家会这么来劲地去伺候小菜地，这无疑是老太婆的主意。这个老太婆真是个很会来事的人啊！才来徐扬庄不久，她就学会了不少本地话，虽说还有点谝，但她说得很活络。兰英还是话很少，你总是能看到她低眉顺眼地在做事。有些人专喜欢和她说话，她偶尔答上一句，脸还要红一红。看来，友根家的主现在是由这个老太婆做了。要知道，友根原来是个多硬气的汉子呀。

老太婆话多，还喜欢哭穷。过了段日子，羊肉涨价了，从每斤七角涨到了每斤八角，羊杂碎也卖到了五角，原来友根是不卖杂碎的，留着下酒，还经常喊人来吃，白吃。现在连友根自己都不吃了。据说“海里”是很穷的地方，可这老太婆现在到了徐扬庄这个地方，有那么个装钱的大兜，还要哭穷，真想不出她原来日子怎么过。庄上人都不喜欢她，说鹰钩鼻子的人刁，不好处。小孩子们也不喜欢她。那个小孩一直关心着那只黑羊，他很想看看黑羊的肉是不是有什么特别。有天中午，他放学时发现黑羊已经被杀了，黑色的羊皮钉在墙上，但羊肉已经下锅，他没看见它的肉；他很想让他爸爸去买一点羊肉，但一开口就被他爸骂了一顿，因为几天前羊肉已经涨价了。

小孩子很喜欢羊圈里的羊。放学后他常常避开老太婆去给羊撒几把草。他喜欢让羊软软的嘴唇和糙糙的舌头舔在他的手心上。他扯几根长长的巴根草，甩过去，让羊叼着，然后他轻轻地拽着草根，把羊牵过来，伸出手，给它们舔。羊有时不肯舔，这孩子知道牛很喜欢舔人的尿，他想，羊是不是也喜欢呢？他试了一下。他把尿撒出大半，然后接了一点在手心上。他朝圈里的羊招招手，羊来了，他把沾了尿的右手伸过去，羊嗅了嗅，侧一下头，突然伸出舌头，一下就把手心的尿给舔干了。手痒得不行，小孩子吃吃地笑了出来。他缩回手，突然不笑了，他看见兰英正站在他的身后，满面诧异。她微微扬着眉毛，好像在询问什么。羊还不肯走开，小孩子飞快地伸手在它头上抹了一下，把手擦干了。他把手朝兰英一亮说：我没干什么，我给它们喂草。兰英说：我知道。你喜欢羊是吧？小孩子点点头，他庆幸刚才撒尿时没给她看见。为了掩饰他的羞怯，他很卖力地帮着兰英把草夹子里的草往羊圈里撒。圈里的羊围上来，咩咩地叫成一条声。小孩子想起了什么似的，突然说：他们说你们“海里”煮饭不烧稻草，烧芦苇，是真的吗？兰英一愣，说：是真的。我们那儿稻子长不好，有点稻草都要给牛吃。小孩子高兴地说：我们这儿牛冬天也要吃稻草。可是——他疑惑地说，大家都烧芦苇，那芦苇不就全烧完了吗？兰英笑起来：哪儿烧得完啊！我们那儿到处都是，不要钱，谁都可以去割。割完了，第二年又长。小孩子说：那要种吗？兰英说：不要。你们这儿的韭菜不也不要种吗？小孩子道：不，我们这儿的韭菜是要种的，先要把老根埋下去，以后才会长。兰英道：那芦苇肯定也是要种的吧，不过我不知道是谁先把它们种下去的。她的目光幽幽地看着前面，有些散淡。小孩子现在相信了，“海里”那个地方确实是有很多芦苇的，不过他想象不出，兰英的家是在芦苇丛中的什么地方。

初冬的阳光照在羊圈里，非常温暖。小孩子慢腾腾地撒着草，他的鼻息中清晰地嗅到了羊圈里飘来的羊粪的酸臭气，还有自己身上发出的汗味。由此他形成了关于温暖的某种概念，这个孩子长大后，这样的温暖是很难再现了。这孩子平时很少和女孩打交道，学校里所有男女合坐的课桌中间都被刻上了一道深痕，谁都不愿越过雷池。那道痕迹很深，是用刀子刻的，因为谁都不去碰一下，时间过去很久还是白白的木碴的颜色。你如果看到这样的课桌，那肯定有一个男孩和一个女孩曾经合用过它。女孩子们到了三四年级时突然一下子就长高了，高得让男孩子们不好意思，觉得自己一辈子也长不过她们了。长高了的女孩更不愿意和男孩打交道了。原来她们还会红着脸偶尔跟男孩讲上一两句话，现在连话都不讲了，脸上总是板板的。这个孩子当然也不会去搭理她们。这会儿这个“海里”来的姑娘兰英正站在他的面前，和他悄声说着话。有个问题他已经想了很久，也听大人们议论过，现在他问她：你为什么要跟友根到我们这里来呢？兰英的眉毛跳动了一下，反问：是谁叫你问的？小孩子道：没有谁叫我问，是我自己想起来的。兰英从口袋里摸出一块糖，递给小孩子，说：你别问了，说了你也不懂的。小孩子接过糖，他想糖肯定是友根结婚那天留下的。糖纸已经磨破了，有些发黏，沾着不少衣袋里的布须须。小孩子小心地把糖剥好，用手指在上面搓搓，送进嘴里，含着吃，马上又觉得不过瘾，嘎嘣嘣地咬碎了。他的舌头搓着那些碎糖屑，含混地说：我知道了，友根买了你们的羊，你们就跟他过来了，是吧？兰英神色黯然，看着吃草的羊，没有答话。小孩子不知她在想些什么，但是他喜欢她，喜欢和她说话。她正在想心思。他想自己应该安慰她一下，但他不知道如何开口。

这时候传来了老太婆的喊声。你是喂羊还是喂老虎？羊把你吃掉啦？！说话间已经走了过来，看也不看小孩道：快去烧火，我都忙死了！兰英慌张地应着声，对小孩子说：我走啦。跟着老太婆走了。老太婆把她长着一个鸟鼻子的脸转过来，狐疑地打量一下小孩子说：你还不回家，你妈找你哩！小孩子别过脸，慢腾腾地往外走。他想自己刚才怎么就不问一下这个老太婆到底是不是兰英她妈呢？兰英的鼻子是人鼻子，说什么小孩子也不相信这个长了鸟鼻子的破老太就是兰英的妈妈。他问都不用再问了，她反正不是。

冬天还有苍蝇，这一点小孩子以前从来没有注意到。友根家的南墙上，还有墙角下，有一层黑红黑红的羊血，苍蝇们懒洋洋地叮在血迹上，有滋有味地爬来爬去，人走近了它们也不愿意飞起来。天确实是冷了，苍蝇大概也血脉不通，所以懒得动。这个地方有吃的，又暖和，全村活着的苍蝇可能全都集中到这儿来了。友根家西边的半面墙上一溜排钉着羊皮，那张黑羊皮也钉在那儿，非常显眼。小孩子发现，黑羊皮上的苍蝇特别地多，而且那些苍蝇也显得特别灵光，人一走近，“嗡”一声就散了，一会儿重又聚拢上来。小孩子觉得很奇怪，难道黑色的羊终究还是有什么特别吗？也许苍蝇已经发现了吧？

小孩子的家和友根家相距不远。他没事喜欢到那里玩。有一天，他趁无人时走到那一排羊皮那儿，伸手在黑羊皮上摸了一把，又把另一只手摸在旁边的羊皮上。他一下子就明白了：黑羊皮是热的，或者说，它比别的羊皮要暖和得多。小孩子终于弄懂了苍蝇们喜欢叮在黑羊皮上的原因。他心里真是很高兴的呀。不几天，黑羊皮干了，被友根摘下来，送到收购站去了。南墙上当然还有别的羊皮挂在那儿，但它们都是白的，没有了那张抢眼的黑羊皮，墙上就像是没挂皮一样。小孩子知道，羊皮被人家买去是要用来做衣服的，他心里思忖着，那件用黑羊皮做的衣服不知会穿在什么人的身上，他是不是会感到格外地暖和呢……小孩子想着他自己所关心的那些事情，而对另外的一些事情他毫无兴趣。他当然不会注意到，杀羊的这个人家已经悄悄地起了某种变化，友根的脸上也不像前些日子那么喜庆，那么喜气洋洋了。

日子大概过去了几个月吧，春天已经到了，天气渐渐暖和了一些，小孩子听到了大人们的一些议论，但这些议论只是像风一样，从他耳边一掠而过。小孩子好像听到大人们说，友根开始骂那个老太婆了，夜里他们好像还经常打架。有一次白天，在屋前的空地上，友根和他老婆打起来了，小孩子正好在远处看见。他看见友根正一把一把地把老太婆往地上推。老太婆躺在地上，撕着友根的衣服，抬脚猛踢友根的下身。两个人都“嗷嗷”叫。小孩子冷漠地看着他们打成一团，他觉得他们打得离自己还远着哩。突然他想起了兰英，抬眼四处找着，但他没有发现兰英的影子。这时候已经有人来拉架，几个人把他们两个分开了。友根气冲冲地往屋子里走，一群鸡被他吓得四处乱飞，友根抬腿踢一脚骂道：娘个 × ！连个蛋都不会下的东西！老太婆一听，扑上去又要打，被两个人扯住了。小孩子看得无趣，一个人沿着屋子东边的小路走开去了。他先是看到了墨绿色的河水，静静地，一圈一圈往外漾，然后他看到了河边的水跳板，看到了跳板上正在洗衣服的兰英。她正在汰一件大红碎花的衣服，想来是她自己的。初春的河水还不那么活泼，衣服漂在水上显得非常鲜艳，兰英的两只手在水里轻轻地搓着，仿佛两只毛茸茸的小鹅正在戏弄着一片荷花……吵架的声音远远地传了过来，声声入耳，兰英似乎意识到有人在看她，她回过头，看见了河岸上的小孩子，她咧嘴笑了一下。看得出来，她笑得很勉强。

和暖的春天眼看着就来了。风已经开始发暖，田野里的油菜虽然看上去还是一片绿色，但顶端已有了星星点点的花，要不了多久，田野最富色彩的季节就要到来了。

吃羊肉的人渐渐少了。友根现在一天只杀一只羊了。更多的时间他是坐在门口晒太阳，眯着眼睛抽烟。半晌，他咳出一口痰，“扑”地一吐老远。立即就有几只鸡抢上去，争着吃痰，一拖老长。他就这么坐着，一坐老半天。那老太婆话也少了，现在已经很少有人到她家里来。她成天在家里家外走来走去，也不知在做些什么。看上去她已不像刚来时那么来事，看她走路的样子，倒很像是一只被人打伤了的黑鸟儿。

就在这段日子，友根家开始丢羊。他家的羊圈在房子的西边，十几步远的地方；圈里总共养着八九只羊。友根打算把这些羊杀完，也就歇市了。这时候，有人来偷他的羊了。

这已经不是吃羊的旺季，只有在冬天，人们才会想到去吃羊吃狗，那时的肉肥，好吃。偷狗是正常的事。养狗的人家很少去喂它，家养的狗也差不多就是野狗。狗被别人打死了，兴许打狗的人第二天还会笑嘻嘻地送一碗肉过来，骂上几句也就算了——但人家圈里的羊和猪是不能偷的，那可是真正的偷！可友根家的羊已经接连被偷了好几只，而且看上去偷羊的人是个很厉害的角色，一个真正的老手。

其实友根夜里是听到了动静的，但他第一天没在意。第二天一早，他起来一看：羊圈的栏杆上搭了一张羊皮，血糊糊的，还有血在往下滴！他开始还没明白究竟是怎么回事，脑子里有些发蒙，他立即把羊数一数，羊少了，少了一只！小偷把羊偷走了，却把羊皮褪在这儿。这是什么意思？友根把羊皮翻开看看，羊皮剥得很好，白白净净，没有一丝粘肉，这是行家的手艺，甚至比他这个杀羊的还要强——要知道，这是夜里摸黑干的！这是什么人呢？

第二天，友根存了心。半夜里，他果然又听到了羊的叫声。有一只羊叫得最惨，突然又不叫了，想来已被扼住了喉咙。友根壮起胆子，拎上他的杀羊刀，下了床。他出了门就觉得冷，打了个哆嗦。他看到了羊圈前的那个黑影，喝一声：谁？！那人显然听见了，却不走，转过身，把一个白晃晃的东西朝友根亮一亮——那是一把刀！月光下，友根看得很分明，而且看上去，那刀子比他自己手上的要长，要快！友根稍一迟疑，飞快地返身回家去了。直到天亮，他才再出来，一眼就看到一张羊皮赫然挂在那儿。他觉得自己是像碰上鬼了，但羊皮确凿无误地挂在羊圈的栏杆上，白的皮，红的血，眼睛躲都躲不掉。

友根站在屋前的空地上跳脚大骂：娘的 × ！是哪个狗日的干的！不把老子当人，我日死你妈妈！他骂骂咧咧地提着他的杀羊刀，冲到羊圈里，揪出一只羊，“嗤”就是一刀。娘的 × ！给你杀，还不如我自己来！他杀了三只羊时，那个老太婆不知从哪儿扑了过来，一把拽他的手，喊道：你疯啦？要杀就把我杀了吧！友根一脚蹬开她，红着眼骂道：老子不顺遂，就怪你这个丧门星！说着，又去拖出一只羊来杀了。羊的颈上喷着血沫，躺在地上直蹬腿。友根拎着滴血的刀，呆呆地站着，突然捂着脸“呜呜”地哭了。老太婆不再理他，用个绳套把剩下的活羊一只只往家里拖。屋前的空地上死羊被扔成一堆，整个屋子周围笼罩着浓烈的血腥气，老远都能闻到。羊血遍地，阳光照在上面，再反射上去，光都被染红了。小孩子看到了这幕场景，心里很害怕，他的两腿瑟瑟发抖。他想起那个秃顶张老师的话——“血光之灾”，心里想：这恐怕就是血光吧？

剩下的羊被关在友根家里养，起先大概是四只，拴在堂屋吃饭的大桌下，一条桌腿上拴一只；羊草就扔在桌子底下，上面人吃饭，下面羊吃草。不几天，羊就被陆续杀掉，卖了。至此，友根卖羊肉的季节算是彻底过去了。庄上的人把友根的羊被偷的事传得很邪乎，说为什么别的不偷，就专偷友根的羊呢？偷羊也不好好偷，还把皮留下来，谁见过这样偷东西的呢？他们也和友根谈，友根先是妈妈 × 奶奶 × 地骂上一气，愤愤地说：这个贼哪儿还把我当个人啊？他指着自己的鼻子道：你们看，我这还像个人吗？我他妈的是个狗啊！他长叹一口气说，我反正是不顺遂。其实，他差不多还是老样子，只是看上去有些委顿，眼皮耷拉着打不起精神，总像是想了一夜的心思。

天气暖和了，真正的春天来了。大片的油菜花铺满了田野，一直延伸到河边，河水都被映成了黄色，像是被谁泼了颜料。菜花的香味并不浓，但是无处不在。棉袄是穿不住了，孩子们终于可以轻着身子到处乱跑了。

友根家的羊圈早就空了，连圈里的羊粪都干了，风吹进来，旋起一团灰尘。圈里还有些干草，小孩子家的猫喜欢躲在里面晒太阳。小孩子担心猫被人家偷了，常常会找到这里。他现在已经很少到友根家来了，这里已没有什么让他感兴趣的东西，而且兰英也很少在外面露面了。她来了已经半年多，差不多已经成了一个本地人了，小孩子觉得和她反而生分了。

友根的羊全部杀掉后，那锅煨羊的汤也就没用了。往年友根都要邀上一帮人来，猛喝一气，喝不完就倒掉，今年那老太婆却出个主意，把汤拿来卖。卖得不算贵，不论碗大碗小，一角钱一碗，来喝的人很多，都带了家里最大的海碗。这是真正的老汤啊！原汁原味，有那么多的羊肉烂在锅里，能不鲜吗？小孩子已经连续好几个傍晚都来买汤喝。那天是兰英在掌锅，小孩子是最后一个来的，兰英给的汤格外地多，小孩子喝完了，她又加了一点。小孩子喝着汤，咂咂嘴，看着她。他看见兰英自己也舀了一碗汤，还在上面撒了蒜花，“咕嘟咕嘟”地喝起来。小孩子觉得很奇怪，他还从来没见过卖东西的人自己也在一边吃的。兰英见小孩子看她，略略有些不好意思，她从砧板上拿起一撮蒜花问：你要吗？小孩子摇摇头。他用手指沾了沾碗底的汤，在桌上写：兰英。汤里油多，字一写好每个笔画就结上了白膜。不等兰英看见，他就伸手擦掉了。他看见兰英的嘴边粘了一片蒜花，整个嘴唇油嘟嘟的，嘴的四周汗毛很重，竟有些像半大男人的胡子。他以前还从来没注意到这些，这个样子实在是有点蠢。小孩子把汤喝完了，肚子里鼓鼓的，心里却有些空，寡寡地不舒服。他抹抹嘴准备走。兰英说：还要吗？她嘻嘻笑着说，你肚子真大。小孩子突然有些来火，顶嘴道：你肚子才大哩！他一扭头转身出了门。走出不远，他回头望望，见兰英手里拿着那个喝空了的碗，正木木地站在厨房门口。她的脸朝着自己的方向，但目光里没有自己。小孩子这时又发现，兰英好像长胖了，腰身好像也粗了。她已经不是才来时的那个姑娘了。有一些变化已经发生，但小孩子如何能看透呢？

羊汤还温着，锅盖边冒出袅袅的蒸汽。兰英把锅盖推开，一股蒸汽扑面而来，她的眼睛有些发雾。

锅里面是真正的老汤，有无数说不清的东西在里面；锅大，而且深，有一层白色的羊油已经开始在面上凝结，再等一会儿，连汤的颜色都将看不见了。

友根家出事了。

那天是个晴朗的日子，阳光早早地就从薄雾里穿了出来，房屋和树木上都被勾上了一层淡淡的金色。沉在地面上方的晨雾正在飘散，和庄子里家家烟囱里冒出的炊烟搅在一起。突然，一阵裂帛般的哭叫声划破晨雾，从庄西友根家的方向传来。这是那个老太婆的声音，她和友根打架时很多人都听到过她的哭声，但今天更惨。如果说那天的哭声像是宰羊，那现在就是杀猪。只有死了人的人家才会传出这样的哭声。

正在整理农具的男人们停住了手，吃饭的人推开了饭碗，很多人都跑向庄西，涌到友根家屋前的空地上。老太婆披头散发，躺在堂屋里打滚。她的衣服原本就没穿好，在地上一滚，像一堆破布似的裹在她身上。西屋的床上躺了两个人，赤条条的一丝不挂。因为被子已经被掀掉，所以谁都能看清那两个人一个是友根，另一个就是兰英。床上鲜血淋漓，地上也流了一大片血。小孩子挤在人缝里，看见友根的手搭在床沿上，一把杀羊的刀还抓在他手上。老太婆“哇哇”地哭叫着，呼天抢地，但嘴里说的全是“海里”的话，一时间谁也听不清她讲的是什么。这时候房门口的人挤得更多，小孩子渐渐被挤到了外面，一时间他再也看不清房里的情况，事实上即使能看清他也不想看了。他的心像寒风中栖在枯枝上的鸟儿那样瑟瑟发抖。临退出人群的当儿，他看见一缕金色的阳光从房间的窗户射了进来，照在鲜血横流的床上，又弥散开来，形成一片红雾。这是真正的人的血光啊！小孩子昏昏沉沉地挤出了屋子。

大人们一拨拨进去看。出来的妇女们叽叽喳喳地谈论着，她们说她们早就看出来了，兰英的肚子里至少已经怀了四五个月了。小孩子在回去的路上，遇到了那个秃顶的张老师，他正在往友根家的方向走。小孩子想起了友根结婚的那天他说的“血光之灾”的话，他疑惑地盯着那个秃顶。那秃顶在阳光的照射下反射着奇妙的光。从此以后，他怕这个老师，而且恨他。他也恨那个老太婆，恨那个死了的友根。小孩子当时感到身上一阵阵发冷，这时候他家的猫“喵呜”一声从他身边蹿过去了。

小孩子病了。他浑身发烫，说胡话。他病了好几天，才从床上病歪歪地起来。他爸妈心疼他，到友根家买了一大碗羊汤来给他喝。小孩子想：老太婆这么快就开张了吗？他接过碗，刚喝了一口就“哇”一声吐了出来，手一抖，羊汤洒了大半。小孩子的嘴里留着淡淡的羊膻气，眼睛木木地看着他的爸妈。他回想着他所看见的那些事情，但懵懵懂懂没个轮廓，就像他嘴里残留的味道，淡淡的，只有一股膻味。

他爸妈舍不得那汤，两人分着喝了。

1997 年

闷 棍

一

潘星是麦城大学的校报记者。由于职业的原因，他认识学校里的很多人，其中包括不少学生。每年新生入学时，他都要从中物色一批通讯员，他就这样认识了高峻。高峻当通讯员只干了一年就不再干了。他瞧不上这事儿，因为报酬实在太低了，简直说不出口。但潘星和他经常还有接触，他一直记着高峻，原因是，高峻是有才的，他的文章写得实在漂亮，同时，和他的文章相反，高峻长得又很没形象。他脸上的每个器官都还过得去，但放在一起就不是那么回事儿。用獐头鼠目、贼眉鼠眼这些词来形容他当然有些过分，但也差不了多少了。在他自己所在的班上，他当然是最难看的男生。这一点是公认的。在他们这一届学生毕业前的一个月，学校就开始给他们拍毕业照，然后把各系各班的集体照贴在橱窗里，欢送他们离校。橱窗是潘星带人布置的，他稍稍留意了一下照片中他认识的几个人，其中就有高峻。潘星当然没想到，这将是高峻留在这世界上的最后一张照片了。事实上岂止是潘星，全校近万个师生，谁又能想到会有个学生还没有被学校送上社会，倒先被人送到火葬场里去了呢？——且慢，如果杀人凶手就是学校近万人中的某一个呢？——案子还没有侦破，凶手还没有抓住，现在下结论还为时过早。

凶案发生在六月底，一个雨后的夏夜。潘星知道，夏天女人裸露、煽情，而男人则烦躁易怒，这是一个危险的季节。但当这样一个案子真的发生在他熟识的人身上，他还是感觉到震惊，甚至还有点恐惧。本来学校经常不定期地清查校园内山洼树林之类的僻静地带，防止谈恋爱的学生们行为越轨。现在不需要了，凶案传出后，一到晚上，所有的灯光照不到的地方都成了无人区。要知道，发案现场就在校园西南角那个最偏僻的山凹里。

最早的现场目击者是一个有晨读习惯的男生，但这个时候离发案也已经好几个小时了。他当场就吓晕了，是后来的晨读者发现了他。潘星在校医院的病房里找到了那个学生。据他说，现场很惨。事实是，高峻后脑挨了致命的一击，也许当场就死了；他的女友头上、身上被打了很多下，昏倒在离他不远的地方。高峻的女友是另一所学校二年级的学生，现在还在医院抢救，生死未卜。

从警方传出的消息说，两个受害者身上的财物分文未少，女生的身上也没有性侵犯的迹象。

这起事件扰乱了学校的正常秩序，尽快破案成了当务之急。

潘星原来的安排也被打乱了。他原本准备着手写一篇短篇小说，他对写作素有兴趣。题材虽还没有定，但他长期生活在大学校园里，看见的，听说的，可写的很多。现在他的心静不下来了。凶杀案，发生在校园里，这简直像是和平时期落在地上的一颗炸弹，他还能置身事外地去写其他东西吗？

他对破案很关心。他的校报记者的职业也给他提供了一点方便。

二

高峻属于那种特别聪明、应付功课绰绰有余而显得有点智力过剩的学生。他学的是经济法专业，四年来，他各门功课的成绩都过得去，但参差不齐。其中，那些和市场联系比较密切的专业课的成绩尤其出色。系里的老师说，他可能一直都在外面挣钱。高峻的同学们也证实了这种说法，他们说，高峻经常逃课，特别是那些理论性比较强的课，他经常不来。他外面的关系很多，同宿舍的人下课回来，常常看见一些小老板模样的人在和他谈事情，整个房间烟雾腾腾。一见有人回来，他们马上就出去了。走以前，高峻总忘不了把桌上摊着的书收起来。但次数一多，别人还是发现那是一些经济法方面的法律汇编和工具书。据此，同学们的判断是：高峻一直都在给外面的人提供法律方面的服务。低年级时，高峻的经济状况很窘迫，二三年级后，他就慢慢富起来了。最明显的表现是，他常常坐出租车，还经常和女朋友在外面吃饭。

潘星对这些很感兴趣。他想进一步了解高峻女朋友的情况，但几个同学都说不太熟悉，因为据他们所知，高峻认识的女孩的时间不会超过三个月。在这以前他还谈过一个，谈的时间还比较长，但他们经常吵架，后来就吹了。

潘星第一天了解的情况给他提供了一个相当清晰同时又值得仔细探究的背景。简化以后的印象是：钱或是情，或者两者纠结在一起，共同导演了这起凶杀案。他离开高峻生前的宿舍时问道：高峻在外面有那么多熟人，他应该有很多名片的，现在在哪儿呢？同学告诉他，案后发的第二天一大早，就被公安局的人拿走了。他们把他好多东西都拿走了，要不然他们还会让你随便到这儿来？他们的话里多少有点奚落的味道。潘星有些沮丧。他打量了一下高峻的床，觉得好像少了点什么，但他一时想不起来。高峻出事后，这个宿舍的学生已经被来自各方面的询问弄得有些麻木和厌烦了。潘星没再说什么，就告辞了。

他刚走出房间，有个同学追了出来，他说，我这儿有张高峻的名片，我留着也没用，送给你吧。潘星还没来得及反应，名片已经递到了他手上。

这张名片精致而简单。上面用楷体印着：

麦城大学经济法专业学生

高峻

为您提供法律服务

后面还有他的BP机号码。潘星皱皱眉头。这张名片的主人已经死了，被人杀死了，这有点不祥。他想把它扔掉，迟疑了一下，还是把它夹在了笔记本里。

三

潘星第二天一上班就看到了这一期校报的大样，上面有他撰写的一篇对一个著名电影导演的访谈录。那个导演前天刚离开学校，现在正在城南拍戏。导演应该说是个“大腕”，他这次来到麦城市是为了了却他多年来的一个夙愿，他想把五十年前发生在这个城市的那场惨绝人寰的大屠杀拍成一部震撼人心的电影。为此，他剃掉了标志身份的大胡子和长头发，以示决心。短短的十几天，潘星帮了他不少忙，他们处得不错。离开学校以前，他把自己的手机号码留给了潘星，他说他非常高兴自己的访谈录能登在著名的麦城大学的校报上。潘星看着大样上导演的照片想，他这是客气了。潘星打算报纸一出来就给他寄两张。他花了两个钟头把大样看完，退还给印刷厂，然后他就没事了。

印刷厂就在高峻所在的法律系的附近，他顺便又去系办公室坐坐。都是老熟人了，彼此也不必客气。他直截了当地对办公室主任说他想看一看高峻的档案。主任说，怎么，想帮公安局破案啊？潘星说，那倒不是，只是有点好奇。

档案早就从柜子里抽出来了，就放在柜顶上。潘星打开档案袋，把一叠表格抽出来，一张一张看。几乎每一张表上都有一张照片，那个看上去很丑的相貌潘星是熟悉的。档案袋里还有高峻的毕业证书和学位证书，再等十几天他就能领走了。主任说，真可惜啊，高峻的父亲还是我们学校的校友哩。家里人知道了还能活吗？潘星说，什么？他父亲是我们学校毕业的？

你不知道？他父亲叫高春生，是 80 级农干班的。

潘星翻到了“家庭情况表”。情况确实是这样。这个高春生，他是认识的。难怪几年前高峻刚到通讯员培训班时他觉得有点面熟，后来看惯了，反而不觉得了。

主任说，还好是我们的校友，也有文化，要是碰上个大字不识的胡搅蛮缠的主儿，等几天到了学校，还不闹翻了天？

高峻家里知道了吗？潘星问。

刚通知。他们还要不少天才能到。那地方在湖南农村，太偏僻了。除了飞机，大概所有的交通工具都要用上。家属一来，我又要忙一阵了。

你们可不能因为高春生是校友，通情达理，就在经济上抠人家唷，潘星半开玩笑地说，这事落到谁头上，有没有文化都一样痛苦。

潘星再回到办公室时已经快下班了，同事们都走了。他想，这事说巧也不巧啊，很多校友都把自己的孩子送到母校来读书，把孩子放在自己熟悉的环境里他们觉得放心多了。但高春生对于潘星而言却也不是一般的校友，当时潘星曾经采访过他。潘星打开由楼梯间改成的储藏室，找出了1982年的校报合订本。他轻轻一吹上面厚厚的灰，满屋的光线里立即腾起了金色的粉尘，他忍不住打了喷嚏。

他很快就找到了位于三版头条的那篇文章，准确地说是一篇通讯。

四

迟到的大学生

本报记者 潘星

农干班的高春生同学申请入党已经两年了，最近，支部大会终于通过了他的入党申请。

高春生同学皮肤黧黑，敦敦实实，看上去很不起眼。他已经38岁，粗硬的头发也已是墨里藏针。这个年龄再来读书，确实算得上是个“迟到的大学生”了。在讨论高春生入党的支部大会上，有同志提出了不同看法。一个同志说，他已经连续两个寒假都迟到了，这违反了学校的规章制度。他是班长，这一点在同学里的影响不太好。有的同学说，是不是有了老婆孩子的人就都可以迟到呢?

这个同志说得不错。高春生为什么迟到，确实是个很关键的问题。支部书记心里是有数的，但他没有说。他用目光鼓励高春生自己道出了实情。高春生说：

我的家乡在湖南农村，很穷。那儿大多数孩子上不了学，县城里也不是家家都有电灯。我家里有三个孩子，上面还有我的父母，家里的生活主要靠我妻子种地，还有我在水闸当管理员来维持。我来读书，就更困难了。

我家的地里种了不少大蒜和生姜。每年春节过后回学校的时候，我都要带上几百斤，在武汉卖掉。有的时候不好卖，我只好在那儿耽搁一两天；实在没办法，我只好把剩下的整卖给菜贩子。卖完了，我就把钱直接从武汉寄回家。我只能这样给家里分担一点，他们实在是太难了。

高春生的语调十分平静，他好像说的是别人的故事。

高春生说完了，开会的同志们好久都没有说话。他们想起了他平常生活上的一些细节：他几乎不买荤菜，饭吃完了还要用开水涮一涮喝下去；他的草稿纸正反两面都要用，先用铅笔写满了，然后再用钢笔写，等等。这些细节他们平常都看到了，但都没往心里去。

支部书记按会议议程提议表决，那个提出疑问的同志第一个举起了手。高春生同学终于成了一名中共预备党员。

记者在采访高春生时，问他今后有什么打算，高春生憨厚的脸上出现了一丝希望的色彩。他说他现在正选修《农村小水电站设计和施工》，他最大的愿望就是在他们县的小水库上建一座小水电站，让他们那儿的人能用上电，早点儿富起来。

五

潘星的这篇文章还在好几家报纸上转载过，当时还造成了一点小小的影响。平心而论，文章里说高春生的长相是“皮肤黧黑，敦敦实实，看上去很不起眼”，实际上是大大地美化了。他蹲在武汉的农贸市场卖菜，看上去一定很像个菜农。高峻的相貌比他父亲又多了一些机灵或者说是浮滑。卖菜这种事儿他是不会去做，也不必去做了。他用自己的方式去挣钱。

潘星关了办公室的门去食堂吃饭。饭厅里很多人都在议论这起案子。潘星静静地听着，他没有插话。谈论的人把案子讲得活灵活现，充满了一种暧昧的桃色。有一种说法引起了潘星的注意，他们说，那个被打死的学生和他的女朋友是去山洼里睡觉的，他们连做爱用的席子都准备好了。潘星的脑海里念头一闪，他突然想起在高峻的宿舍里，他觉得床上好像少了什么，现在他明白了，是席子。席子原来是被高峻带走了。潘星突然很想去看看那个还不知死活的另一个受害者，那个外校的女生。他打算下午就去。

他吃完了饭，往家属宿舍区走去。在路上，他遇到了保卫处的小丁。他眼睛一亮，忙向小丁打听那个女生的情况。小丁说，你这么关心干吗？告诉你，市局的人和我们开会的时候说，特别要注意那些悄悄打听案情的人。小丁看潘星一副急欲表白的样子，忙说，开个玩笑的，你别当真。能告诉你的我全都告诉你。潘星问，那个女生现在怎么样了？我想去采访她。小丁说，不可能。她现在还在深度昏迷中，公安局的人二十四小时守着，你想都不要想。潘星叹口气说，是啊，能不能破案大概就着落在她身上了。她要能醒过来，总会有点线索。

她要能醒过来当然最好，但她要是醒不过来了，案子也未必就破不了！小丁显得胸有成竹。

潘星看他话里有话，忙问，你肯定知道一点内情，能不能透露一点？

小丁说，发案现场没有发现什么线索，这你可能也听说了，倒是找到了半个可疑的脚印，但很不清晰，这几乎没什么用。没准它根本就不是凶手的脚印。

潘星说，要这样的话，我看那女孩要是不醒过来，你们这个案子一时半会儿是破不了的。

哪能呢！小丁忽然间眉飞色舞起来，他压低了声音说，那天晚上正好我值班，我在“气象楼”看到了那个家伙！

潘星吓了一跳，他问，你看到了那个凶手？！

现在还不能完全肯定，小丁说，那个家伙在“气象楼”肯定是留下了脚印的，可惜第二天一大早清扫工就把楼道都拖干净了。否则跟现场的那半个脚印一对，就差不多了。小丁正说得起劲，路上有人经过，他一下子打住了，他说，你可不能把这些说出去，我这两天天天都去市局，把那家伙的相貌回忆出来，由他们画模拟像。到时候你会看到的。

小丁说完就急匆匆地走了。潘星呆呆地站在那里。他想要是那个凶手真的被保卫处的人看到，倒真是应了“天网恢恢，疏而不漏”这句话了。

潘星觉得他不必再去探望那个受害的女生了。那么多的人正为这个案子富有效率地忙碌着，自己感兴趣的本来也只是这起事件的背景，说到底，自己只是一个局外人。任何一个记者或者侦探小说家在破案中大显神通的故事，其实都是作者自我满足的幻想和杜撰。

六

遇到小丁的第二天潘星就看到了那个疑凶的模拟像。那个家伙满面煞气地出现在告示上。潘星上班时路过校门口看见很多人都在那儿围观，他骑车到办公室的路上，发现校园里几乎所有醒目的墙壁和橱窗里都无一例外地贴上了画像。潘星站在前面，只觉得一股寒气从尾骨处一直蹿到脑门，不由打了个寒战。那家伙长得并不难看，可以说眉目周正，但就是有一种说不出的阴鸷肃杀之气。潘星知道这张模拟像出自小丁之口，又被专家们固定在画稿上，然后在一夜之间被印制了成千上万份。潘星对警方的工作效率非常钦佩，但他心里对这张模拟像的准确性有些怀疑，他觉得它似乎被过于强烈的憎恶和仇恨给扭曲了。任何一个人面对这张画像都会感到强烈的恐惧。告示上说，“此人平头，浓眉，大眼，大嘴，身高一米七左右，身材粗壮，性情残忍。”结尾还公布了举报电话，悬赏的金额分两档：提供有效线索奖励两万元，协助公安机关将其捉拿归案者奖励五万元。

这张告示立即成了校园里的议论热点。这个家伙既然已经被显了形，那就不可能再在校园里作恶了。所有人的心里都有了安全感。很多人说，提供个线索得上两万块倒是不错；五万块，捉拿归案，那可不是玩的。那可是个杀人犯啊！还有人说，你们注意到没有，那家伙的脖子上还挂了根金项链哩。

其实这一点潘星也注意到了。他无意中还发现，他的办公室所在的大楼的背后，一个平常人迹罕至的地方，也贴上了一张告示。他觉得有点奇怪，贴在这儿，有谁会看到呢？

潘星的办公室在校办公大楼的三楼，保卫处在一楼的顶头，最靠近大门的地方。据说是为了他们工作方便，因为他们经常抓住小偷流氓之类的人，带着这样的歹徒经过其他办公室的门口会影响别的部门办公。潘星给小丁打了个电话，他想问问小丁，在大楼后面贴张告示有没有什么特别的用意。小丁刚一接电话就很得意地说，怎么样，我没骗你吧，看到画像了吧？小丁显得很兴奋，他说我现在忙得很，我们这儿抓住了一个妓女，你要是没见识过就来看看吧。潘星本没有去保卫处的打算，放下电话他却想，那倒要去看看。

小丁办公室的门虚掩着，潘星轻轻敲了两下，小丁就出来了。小丁出来时故意把门又开大了一些，嘴朝里努一努。潘星看见里面坐了一个女孩，长发披肩，低着头，好像在哭，看见有人在门口，她抬起头，还冲潘星笑了一笑。潘星被她这一笑弄得心里发虚，连忙退到走廊上。他看见那个女孩脸上的口红胭脂被泪水弄得一塌糊涂，呈现出一片惨烈的红色，倒挺像什么凶案的线索。

小丁说，这女人跟留学生乱搞，两个留学生打起来了，才被我们逮住。要不我们现在哪有时间管这种事儿。

潘星问：这个女人是哪儿的？

嗨，她还是我们学校的毕业生哩！小丁说，对了，这女人上学时和高峻谈过恋爱。

什么？高峻原来的对象就是她？！潘星吃惊不小。他问，那她和案子有没有关系？

那倒没有。她和高峻早就不来往了。高峻被人杀了的事她也听说了，她满不在乎。这女人没心没肺。小丁说，她开始还报了假名字，恰好我们这儿有人认识她，她赖也赖不掉了。

这时那女人在里面大声说，喂，我要小便！

小丁骂道：你事还挺多！他喊来一个女同事，把那女人带到厕所去了。小丁对潘星说，你要是没事，那就进来坐坐。说话间那女人进来了。她一屁股坐在凳子上说，能不能给我支烟？小丁凶巴巴地说，我不抽烟。潘星掏出自己的烟，给她递了一支。她说声“谢谢”，大口吸起来。她那副贪婪的样子让潘星怀疑她很可能还有毒瘾。她低着头，时不时抬头看看潘星和小丁。潘星感到浑身不自在。他在心里猜测，这女人和高峻谈恋爱时是不是就这样呢，还是以后才变坏的呢？他想很多人都在挣钱，这个女人在挣，死了的高峻也挣，他心里希望高峻和这个女人分道扬镳的真正原因是他们挣钱方式的水火不容。当然，潘星并不想去对这一点进行证实。他把小丁喊到走廊上，问，画像出来后有没有提供线索的？

小丁说，有是有，不过都不搭界。才贴出来一天嘛。他说，我们到处都贴了，他跑不掉的。

潘星说，我正要问你，你们在我们大楼后面这种没人去的地方贴了干吗？是不是——

小丁打断他，得意洋洋地说，这是我的主意，现在学校里所有偏僻的地方都贴上了，发案的现场那儿我贴了两张哩！人少的地方治安最不好，有些家伙一到这种地方手就发痒，我把告示往那儿一贴，歹徒们一看就害怕。这是镇妖石，泰山石敢当！

潘星觉得又好气又好笑，想想，也有点道理。又问，那家伙脖子上还画了根金项链，这是你让画像的人画龙点睛的吧？好多人都在议论哩。

我可没说那是金项链，没准是假的呢？不过我确实是亲眼看到那东西了，它在灯光底下还一闪一闪的哩！小丁皱着眉头说，当时我就觉得好像有什么地方不对劲儿。

七

那天夜里，十一点多钟。当班的小丁和校卫队的小史按常规在校园里巡视。巡视通常进行一个多小时，校园很大，不可能每个地方都去看一下，因此，除了财务处和几个重要的实验室之外，其他的地方去不去，就由当班的人自己决定了。那天下午刚下了一场小雨，天气相对要凉爽一些，很多人都回去睡觉了，校园里人迹稀少。小丁他们从流体力学实验室那边过来，为了早点下班，抄近路穿过“气象楼”的一楼。楼道里的灯坏了不少，黑黢黢的；有几盏灯还不断一亮一熄地明灭跳动着，发出轻微的电流声。一切都显得很正常，但又似乎有点异样。他们俩的凉鞋在地上击打出十分响亮的脚步声，在走廊里显得很沉闷。快到走廊尽头时，他们发现有个人正在靠墙的水池边洗鞋。小丁问：谁？那人稍一慌张，立即回答：是我，修电灯的。

小丁和小史靠上前去，然后他们俩又稍稍分开一点。小丁的手握住了他口袋里的电击匕首。

这个地方的灯光更暗，小丁打开了手里的电筒，为了礼貌，他把手电筒的光照在那人身后的墙上。这样，他就没能注意到那人脚上的白旅游鞋，那鞋实在是被洗得太干净了一点。他们模糊地看见了那张几天后被印在告示上的面孔。当时那张脸显得十分平静，他抱怨说，这个地方灯坏得太多了，灯管不够用，去拿灯管那家伙半天还不回来。他说着甩甩手上的水。随着他身体的晃动，他脖子上的什么东西在灯光下闪了一下。

这家伙把他内心的紧张和慌乱掩藏得实在是太好了，幽暗的光线又帮了他的大忙。小丁和小史放松下来，小史还随口道了声辛苦。他们一前一后走出了走廊。

夜晚的空气非常清新。有几声蝉鸣从远处断续地传来，走不多远，前面的小丁停住了脚步，他说，我觉得好像有点不对劲儿。小史说，是啊，说不定是个偷东西的！我们回去看看吧。小丁掏出衣袋里的电击匕首，他一按开关，匕首尖上啪啪啪地发出蓝色的火花。

事后回想起来，疑点实在是太多了：修电灯的，可他们却从来没见过；那么晚了，在那儿洗鞋，还戴了根项链……但他们没时间想那么多。当时的情况是，他们回头刚走了几步，走廊里就传出了一阵慌乱的脚步声。他们立即冲过去，那家伙飞快地往走廊的另一端跑，走廊顶端的弹簧门被他撞得咣当一声巨响。那家伙对周围的地形十分熟悉，他穿过一片杂草地，直往围墙奔去。他想蹿上围墙，但第一次没能上去。他往后退了几步，拼命向上一蹿，这一次他成功了。这当儿，小丁他们已经逼近了，在手电筒的照射下，他惊恐地回过了头，然后他抱着墙那边的一棵树猛地滑了下去。

那家伙骑在围墙上惊慌的形象被小丁他们牢牢记住了。当时小丁他们认为自己追的是一个小偷；得知学校发生了凶杀案后，他们又认定那家伙肯定就是凶手。

但是不管怎么说，那个家伙逃脱了。

事后，他们仔细回忆了那天夜里的每一个细节。走廊里的脚印已经被清洁工拖干净了，但他们最后还是帮助公安人员成功地从草地和围墙上找到了疑凶的脚印。可是那天是个雨天，烂泥地上的脚印太模糊，从技术上无法确定围墙周围的脚印和凶杀现场那个脚印的同一性。

八

告示已经贴出来好几天，有一些已经褪了色，但那张模拟像的主人却仍然没有找到。潘星跟小丁要了一张，他越看越觉得这个家伙从相貌上看，似乎天生就是高峻的克星。潘星也想到，这其实只是一张模拟像，肯定存在某种程度的误差和走形，况且又是在夜里，不可能看得很清楚。如果误差太大了，说不定这样的面孔根本就不存在！据说，高峻所有能查到的社会关系都已经被理了一遍，从中没能发现有用的线索；那个女生也已经脱离了危险，但她成了一个植物人了。这当然十分惨痛，但毫无办法。潘星心里已经隐隐有些失望，他想，这大概又是一桩无头案了。

前一阵校园里实在是太乱了。麦城大学虽说是一所历史悠久的学校，但还很少有人到这儿来拍电影。很多人都把这当成一次大饱眼福的良机，甚至许多校外的人也跑到学校来看热闹；各种传媒的记者也在这儿推波助澜。一时间校园里各色人等云集，这无疑也给案子的发生制造了一个杂乱的背景。可以这样设想：那天夜里，高峻和他的女友坐在他们带去的席子上，正在喁喁谈情（也可能是在谈钱），这时候仿佛一片阴森的云被一阵莫名的风吹到了他们的头上，有一个充满暴力倾向的人偶然走到了他们的附近。这家伙可能是个情场或者生意场上的倒霉蛋，但只是在电光石火的一闪念间，他变成了一种黑色的力量，立即爆发出来。

棍子是随手捡的。他悄悄地逼近了。然后运棍成风，打下去……

他几乎没有遇到反抗。

这种连凶手自己都始料未及的突然性转眼间就给高峻的生命画上了句号，高峻女友的命运则被打上了一个可以说比死亡更为惨痛的分号。

潘星决定从这个案子的干扰中摆脱出来。他准备动手写他的小说。那天上午，印刷厂送来了印好的校报，潘星和导演联系了一下，约好，下午在城南见面。

这部片子里有很多日本鬼子屠杀、强奸中国人的镜头，里面还有几个汉奸。这些角色在表演上很简单，群众演员就可以胜任。

但导演在物色群众演员时却费了不少周折。他非常恳切地找过学校的日本留学生，报出了很高的价码，但没有一个日本人肯演。最后只好用中国人“冒充”。物色那个“汉奸”的时候，他找到了潘星，请他帮忙。潘星几乎立即就想到了高峻，从相貌上看，他实在是个合适的人选。潘星把高峻找来，导演一看就说，行，很好，祝我们合作愉快，就忙自己的去了。高峻向制片简单打听了一下剧情，问，报酬是多少？制片说：五百块，天气帮忙的话一个上午就可以完。高峻低头沉思一下，咬咬牙，说，好，我演。拍戏的时候潘星也在那儿看了。那是一场汉奸领着鬼子抓中国女人的戏。应该说高峻演得非常出色，他穿上服装几乎不再需要其他化妆。拍摄一次就成功了。潘星这时想到，如果这场戏不被剪掉的话，高峻倒在这世上留下了一段活动的画面了。

潘星在城南的拍摄现场一眼就发现了导演。导演看到报纸很高兴，他已经累得不行了，正好坐下来歇一歇。潘星告诉他，那个演汉奸的学生被人杀死了，导演吓了一跳，他说他忙得昏天黑地，差不多连今天是几号都不知道了。他说那真是太可惜了，多聪明的一个小伙子啊。潘星问那场戏会不会被剪掉，他说现在还不知道，争取不剪吧。导演叹口气说，至少我会请摄影师给他冲几张放大的照片。潘星说，这倒是个好主意，只是有点可惜，形象不太好，是个汉奸。他说，你能不能早点把照片弄好，再等个一两天高峻的父亲就会来了，看到照片总是个安慰。导演说，不行啊，胶片要等到全拍完了才能冲，你先把他的报酬带回去吧。

潘星看导演一点架子也没有，忽然想跟他开个玩笑。他说，那个嫌疑犯的照片已经被印在告示上了，我看你这样子倒有几分像。导演哈哈大笑，他说，前一阵我倒正好是在那儿拍戏，对了——他突然想起了什么，很有兴致地说，那个凶手没准儿喜欢看人家拍电影，我在全国各地跑，说不定下次能撞上他。他说，你给我弄张画像来，好不好？

潘星答应了。

九

几天后，又下了一场大雨。风一刮，雨一浇，各处张贴的告示基本上都烂了。案子仍然没有新的进展。

潘星打算着手写那篇小说。他决定就以这起尚未侦破的凶杀案为素材。题目他都拟好了，叫《相貌和通缉令》。虽然案子还没有最后侦破，但他认为案子业已呈现的部分及其背景，已经足够使读者发生兴趣。潘星心里还有个隐约的想法，他觉得这篇小说没准还可以改编成一部电影，他决定在具体写作的时候，加强一点画面感，适当注意场景的转换。

他想去听听导演的意见，顺便把告示给他带过去。他到小丁那儿找了两张，回到办公室，摊在桌上。告示上的家伙直盯盯地看着自己，弄得他寒毛竖竖的。他把告示卷起来，用根绳子扎紧，扔到一边。

这时候电话响了，是法律系的办公室主任打的。他说，高峻的父亲来了，你要不要来看看？

潘星说，还有谁来了？他有点迟疑。

主任说，他父母亲都来了。你呀，是怕这边哭哭啼啼的吧？告诉你，没事！他们昨天就来了，事情已经谈得差不多了。他母亲现在也不在这儿。你不来就算了，我反正告诉过你了。

潘星说，那好，我马上就到。

潘星骑车去法律系办公室。一进门，他就看见高春生正坐在沙发上抽烟。十几年过去了，高春生已从中年进入老年，但潘星还是一眼就认出了他。上学时他就像个小老头，现在无非再老一点。高春生也还记得潘星，一见他进来，连忙站起了身。

潘星说，来啦？你要节哀。谁也没想到。

高春生说，我昨天上午就到了。嗨——他长叹一口气。

潘星不会抽烟，高春生硬给他塞了一支，潘星只好拿在手上。在座的几个人潘星都认识，系主任和总支书记都在，潘星有点暗自后悔，他担心他们又要谈起赔偿之类的麻烦事，自己在这儿算个什么呢？正准备找个借口抽身，高春生说，你们都挺忙的，已经给你们添了不少麻烦了。我想出去转转，学校这些年变化挺大的。

潘星连忙说，我正好也要走。我们一起下去吧。

路上，高春生告诉潘星，他现在在县水利局设计室当主任。潘星想起当时的那次采访，忍不住好奇地问，你那个小水电站建起来了吗？高春生说，还没有。他显得很不好意思。图纸我们早就弄好了，但县上一直没钱。他说，我看我退休前能造起来就不错了。到时候我去管管小水库，养养鱼，放放鸭，每年的多种经营就可以收入不少。

潘星想到他十几年前的计划现在还只是个图纸上的东西，不禁也有些感慨。说话间，他们走到了学校林荫大道的拐弯处，高春生停住了脚。浓荫下的告示栏上，贴着一张告示。高春生走了过去。

高春生站在那儿，直勾勾地盯着看。告示栏的玻璃少了个角，雨水钻进去，告示被泡得字迹不清了。高春生木无表情，嘴还在动，想是念着上面的文字。潘星突然有点怕，他担心高春生突然间发作起来，一拳把玻璃砸碎。

高春生念完文字，嘴角抽了一下，似笑非笑。潘星想问他是不是认识这个人，但没敢开口。

高春生说，就这个人杀了高峻？

潘星不敢答话。

高春生摇头说，我看不像。

潘星说，为什么？

高春生说，我也不知道。反正我觉得不是这个人。

潘星说，这张被水洇了，我那儿有清楚的，要不你去看看？

高春生说，不用了。我已经看清了。他喃喃地说，他们可能搞错了。

潘星很想再和他聊聊，又怕一不小心什么话刺激了他。潘星一直在琢磨高春生的话，高春生眼睛也有点发直，茫茫然不知所向。他们两个走在学校的大路上，看上去都有点如梦似幻。

第三天下午，潘星得了空，准备把告示给导演送过去。他刚出学校大门就遇上了小丁，他正在大门口值勤。潘星说，喂，我还在帮你们破案哩。这不，给朋友送两张去。

小丁说，别提了。现在情况有变化了！

潘星说，怎么啦？

小丁说，还告示呢！昨天下午勘测实验室的人来报案，说他们小金库里的五千多块钱丢了。他们本来想瞒着，后来风声慢慢传出来了，只好主动来报案。

潘星疑惑地说，那怎么啦？

小丁说，就是凶杀案发生的那天夜里被偷的呀。昨天公安局的人开了一晚上会，结论是，我们看到的那个家伙说不定只是个偷东西的。小丁沮丧地说，他妈的，空高兴一场！

潘星说，那也不一定就不是他呀。

小丁说，可也不能确定就是他呀！这告示还有什么用！他垂头丧气地说，都被雨淋坏了，撕都不用去撕了。

潘星觉得有点啼笑皆非。还要不要到导演那儿去呢？他在大门口迟疑了片刻，最后决定还是去。

他想，这些最新发生的情况，说不定会让导演对他那篇尚未写出的小说产生更大的兴趣哩。

1997 年

鸟 枪

据说麦城的本地人加上外来人口已经达到五百万了，对这个方圆不大的城市来说，人口已经稠密得像粥。可以设想一下，谁要是弄杆枪来，往天上放那么一家伙，十有八九子弹落下来时还会砸到什么人的头上。这年头，除了真正的歹徒谁还玩枪？一般的正经人，白送你一支你也不敢要，况且法律也不允许。大学生军训时倒是人人弄一支在手上，还瞄来瞄去，其实那里面一粒子弹也没有。除了他们，军区、公安厅门口站岗的士兵腰间倒也别着短枪，但这么多年来也没见他们放过一次。有个笑话说，有一天一个流窜犯看准机会，冷不丁扑过去，一把把枪抢在手上，唰一下拉开枪机，指着两个士兵喝道："不许动！把另一支也给扔过来！"不想两个士兵对视一下，倒笑了。流窜犯心头发毛，说干就干，猛一扣扳机，屁也不响，原来是支空枪。"来来来，这一支也给你，要不要？"士兵说着，靠上前去。流窜犯发一下愣，撒腿就跑。结果当然是被生擒活捉。一时间，麦城人个个把这个家伙当个二百五在笑话；小孩子们也在他们用水枪对射的游戏后面加了一句——来来来，这一支也给你要不要啊……可见，就连站岗的士兵的枪里也不是天天都装子弹的。总而言之，麦城没人玩真家伙。其实这一点，我不说你也知道的。

马晓宁却有杆真家伙。每到星期天他就扛着枪在麦城大学的校园里四处转悠。他可不是在巡逻，他是在打猎，具体地说他是在打鸟。他的枪当然也不是军用枪支，是一支气枪。但不管怎么说它也是枪，是真家伙。你知道，麦城这样的城市，玩气枪也是要持枪证的，但马晓宁却没有。马晓宁说："×，什么证不证的，我又不到校外去打，谁管得了我？派出所的都是哥们！"他又说，"枪是我们保卫处的，还不就是让我们练练准头？再不练就全丢了。"

我知道他有资格说这样的话。听说他是特种部队下来的，一身的武艺。他提着枪出去，在校园里转上一圈，回来时总有一串鸟儿拎在手上。他主要打麻雀。他说：爱鸟嘛，咱也懂。麻雀可不是好东西，小时候毛主席就叫咱们轰它。他拿张凳子坐到楼下，开始拔毛，不一会儿，他的小舅子就骑车来了。再加上他老婆，三个人，弄点酒喝喝。我和他是邻居，有时他把我喊过去，让我也尝上一只。

"他们不懂，宁吃飞禽一两，不吃走兽半斤！"马晓宁满面红光。再喝几口，他还会说："长毛的鸡毛掸子都比金华火腿好吃！"我知道他的话又要开始多起来了，但吃了人家一只鸟，总不好嘴一抹就告退，只好听他吹一会儿。他有当特种兵的经历，吹起来确实很精彩，什么单手劈砖、空手白刃、徒手上房这类，听起来挺有意思。这些事儿连吹带比画，半个小时打不住，我也就不再说给你们听了，因为我和他做了两年邻居，并没有见他演示过。不过我并不因此就怀疑他是在吹牛，他确实是很厉害的。我们都住三楼，至少他上楼梯看上去就比我们其他所有的人要轻松得多。他有一辆摩托车，开起来飞快，我亲眼看见他有一次和一个小伙子蹭了一下，两个人发生了争执。那个小伙子相貌英俊，骑着辆本田王，很神气，嘴也不肯饶人。他妈妈 × 奶奶 × 的把马晓宁惹火了，他划个大弧线把他的破“金城”靠上去，轻轻地说一句：你不要再说了，再说你要吃苦了！小伙子愣了，他兀自嘴硬道：吃什么苦？马晓宁含笑道：什么苦？皮肉之苦！一句话，那家伙吓得不敢再吱声，溜，把车子开跑了。你说马晓宁厉害不厉害？

那天我们吃鸟喝酒时马晓宁不知怎么的又吹到了枪法。起因大概是我小心翼翼地说起了以前的人准头是怎么好，现在的人大概不如之类。马晓宁涨红了脸不屑地说：“×，你还信那个？那是吹的！”

我不服道：“这大概不是吹吹就行的吧。有本书上说，我们的地下工作者打入匪军，和土匪头子比武，土匪头子枪一举，屋顶上的一只公鸡就掉下来了，地下党二话不说，骑上一匹马，一甩手，远处的电线应声而断。还有《林海雪原》里，蝴蝶迷卖弄枪法……对了，双枪老太婆你总知道吧？”

“得，得，这些都是编出来的你知道吗？现在的枪是什么枪？射击运动员用的枪那可是几千美元一支，你让他们打打电线看？以前的，那绝对是瞎掰！老套筒，单打一，还百步穿杨！你对杨树开一枪，怎么都能打上个叶子吧，就这么回事！”他顺手把他的气枪抓过来，“你看看，我这枪！”

他小舅子也在旁边帮腔说：“这是把好枪，可以加两次压。”

我把枪接过来，放在膝盖上。枪真是好枪。榆木的枪托，红里发黑，枪管的烤漆隐隐发蓝，还上了油；从枪口看去，还可见一圈来福线。总而言之，是把好枪。马晓宁站起身，把枪拎过去，哗啦，压上了气，再压一下，说：“现在只能玩玩这玩意儿啰。”他走过去，一把把窗户推开，一股喧嚣的声浪冲了进来。我们的楼后正在盖一座礼堂，打桩机、搅拌机成天响个不停，那些壮实的男女民工经常坐在我们楼下大讲荤话，我们不堪其扰，家家整天都把窗户关着。马晓宁装上子弹，把枪合上，对着窗外瞄起准来。他这是想干什么？

“你发什么癫？”他老婆走过去拉他。

“你别动，我在打鸟。”

我走过去一看，哪儿有什么鸟啊？他枪指的方向倒是有个人，一个民工，正站在脚手架上。他哼一声说：“我打的就是这个鸟人！”我正想提醒他别伤了人，砰！他的枪已经放出去了。我吓了一跳，那个民工却浑无知觉。我知道他还没醉，他这是把枪口抬上去了。“马拉个 × ！你们烦死了！”坐在楼下聊天的民工这时才看到他，一齐站起来，敌意地看着他。我怕惹事，连忙去把窗户关上。

那天马晓宁确实是喝多了。

其实我也有一杆气枪，放在我老家兴化。早先我每年回家都过上一把瘾，现在我早就洗手不干了。枪还在，但肯定已经锈了。

老家有一片很大的竹林，约莫八九十亩，据说是兴化十景之一。平原地带一般不生竹子，老家能有这么大一片竹林确实堪称奇迹。鸟儿们也知道这一点，到了傍晚，方圆百里的鸟儿全都飞到这里来栖息。夕阳落下的那一刻，鸟群简直像云一样地落下来。遇到什么惊吓，又轰一声腾上去。我没有见过旧社会的蝗灾，我想那阵势也不过如此吧。

竹林的风景也好。两条小河向东流去，把竹林隔成了一个孤岛，只有一条小木桥和大路相通。两年前，电视剧《郑板桥的故事》在兴化开拍，剧组去竹林看外景，一见之下，大喜过望。演郑板桥的那个演员朗声赞道，啊，好啊！这正是我两百年前生活的地方啊！他那个样子引得“郑板桥老婆”笑道：那你今天是梦里回乡啦！按计划，他们要在竹林拍一百多个镜头，但最后他们没等全部完成就撤走了。

有一场戏，要求在室内拍摄，专门搭一个摄影棚花钱太多，好在制片在竹林深处发现了一栋大门紧闭的民居。他兴冲冲地去找竹林村村长商量。村长说，借倒是可以借，也别谈钱，只是那是我们村的骨灰堂，不知……话没说完，制片就连连摆手，走了。这事一传开，剧组炸了，人人嚷着要走。“郑板桥老婆”年龄挺大，胆子最小，恨不得立马就跑，连哭腔都快出来了。好多人都说，怪不得……什么什么，总之，这儿闹鬼。最后导演只好让摄影师抓紧时间拍了一组竹林的外景，留着以后用，就草草撤了。据说这部电视剧播出后无声无息，究其原因，或许就与此有关。

拍电视的给鬼吓跑了，这不久就成为竹林村人的笑话。城里人，屁事不顶！有一年冬天放寒假，我去竹林打鸟，看林子的老头在我面前把城里人好好地笑话了一通。说起来我也算是城里人了，我的脸也微微发红。老头吓唬我说：这里面有蛇。有鸟的地方就有蛇！你小心点！我不服道：冬天哪来的蛇？你在骗我。老头说：我骗你？昨天我晒褥子还翻了两条哩，都被我压扁了，还会动。我不理他，径自向竹林深处走去。

那时才下午三点多钟，太阳还亮晃晃地照着，可我因为是独自一人，心中还实在有点发虚。骨灰堂红墙青瓦，看上去和普通的民居没什么两样。四周长满了笔直的水杉，那边鸟儿着实不少，可我到底还是没敢靠近。我总觉得那里有一股阴气。我在竹林里瞄准一只黑鸟开了一枪，黑鸟被打中了，但它只在竹梢上晃了一下，就扑拉拉朝远处飞走了。它落在骨灰堂后高高的水杉上，嘎嘎直叫。我远远地盯着它，心里着实有些不舍。我又冲它开了一枪，距离太远，它理都没理。风呼呼地吹过去，竹林哗哗乱晃。这时我好像听到了一串啪啪的敲门声，似乎有谁在轻叩柴扉，我看都没敢朝那边看，就逃也似的走了。其实我也知道那十有八九是风弄出来的声音，但我就是怕，那有什么办法?

那天我除了打到一只小白头翁，几乎算是一无所获。主要原因是害怕，缩手缩脚。我不光怕“鬼”，还怕蛇。我曾听说有个人在竹林里打鸟，突然发现一条蛇在路当中，他吓得往后一跳，一抬头，竟又看见一条竹叶青挂在竹枝上！他拎着枪落荒而逃。我明明知道冬天蛇都在地下冬眠，但总也放不开手脚。我终于量出了自己的胆子。天色向晚时，我就匆匆离开了竹林。

后来我也跟几个中学同学去打过两次。为了照顾我，我们都在白天去。他们身手好，枪法也准，是天生的厉害角色。他们看上什么鸟，那鸟十有八九要从上面掉下来。我们收获颇丰。但我很快就洗手不干了。竹林因为只砍不种年年都在缩小，老家的鸟儿也越来越少了，我有些不忍。最后一次打鸟的那天，我提着一串鸟回到家，邻居看见了，惊叹道：呀，这么多！快有两斤了吧？顶上一只小公鸡了！她对我妈说，你儿子又给你省了菜钱了。我当时脸红到耳根，从此我就没再打过一只鸟。我的枪肯定已经锈了。

我的枪是上海“工字牌”的，和马晓宁的枪是同一个牌子，算是国产气枪的一个名牌。但他的枪能两次加压，我的不能。他是特种兵出身，我连个打鸟的好手都算不上，所以我从来不跟他提我自己打鸟的事，我可不想让他笑话我。

我发现老家的鸟儿确实是少了。它们都到哪里去了呢？后来我从报纸上看到一则报道，说是据调查，现在农村的鸟类已经大量迁徙到城市，因为这里没有鸟枪，没有鸟网，遍地都是市民们丢弃的食物，觅食容易，所以它们就来了。我觉得此说很有道理。猪往前拱鸡向后刨，鸟为食徙，这天经地义。说到底，在某些方面，人和鸟儿也差不多。

我们住的宿舍楼是一栋老式的四层楼房，两家合用一间厨房。那天，马晓宁家请客，他买了不少东西回来，鸡、肉，还有别的什么。他老婆洗菜，马晓宁杀鸡。你大概没见过有人这么杀鸡。他把鸡扔在厨房的地上，回家提了根黑乎乎的短棍进来。我一看，原来是根电警棍。那是一只小公鸡，毛色黑红，尾上的大毛还没长齐。那鸡一见有人靠近，呼啦蹿出老远。但它腿被拴住了，扑拉了几下，就无力再动，眼睛惊恐万状，脑袋四处乱探。马晓宁笑眯眯地瞅着它，猛然抢步上前就是一捅，只见啪啪火花一闪，一股焦煳味冒了出来。我在旁边看着，心也猛然一哆嗦。那鸡招此一击，立即就在地上抽搐起来。马晓宁上去用脚拨拉拨拉，鸡当然是死透了。他扬扬电棒对我说，三万伏!

鸡“杀”了，他手脚麻利地开始放血。我看那血已经发黑，想来是不能吃了。但我没有多嘴。别人不能吃，马晓宁吃了那是绝对没问题，看看他那身板，谁能比得上？你想他吃了那么多的鸟儿，肉在哪儿？在他身上。他把鸡收拾得白生生的，放在一个大碗里，还在旁边摆上几根葱。鸡弄好了，开始剁肉。他买的是猪后腿，他拿了把菜刀，运刀成风，但几刀下去，猪腿没断，刀却卷刃了。他老婆心疼刀，抱怨道："你怎么不叫卖肉的帮你剁好？你看，好好的一把刀！"马晓宁笑着说："奶奶的，这猪还练过铁砂掌啊？"他老婆一听急了，嚷嚷道："啊，你把老母猪肉买回来了！"马晓宁说："什么呀。你看我有没有办法！"这时候他小舅子已经领着几个客人来了。看上去他们是好朋友。他们嘻嘻哈哈地拥在厨房里。看马晓宁两口子忙。马晓宁招呼了他们几句，拎上猪腿就出了厨房。他老婆以为他是去让卖肉的再剁一剁，在后面喊，叫他骑车去。马晓宁头也不回说，骑什么车呀！我五分钟就上来。

厨房很小，挤满了人，我只好站在窗户那儿。无意间，我看见马晓宁站在楼下的建筑工地上，拎着猪腿，正跟民工比画着什么。这有点奇怪。不过我马上就明白了。只见他走到锯木料的盘锯那儿，把猪腿往上一支，一推，吱昂，猪腿就开了。他连着这么搞了几下，猪腿就切好了。这个家伙真是有办法。他再上来的时候手里捧着一堆肉，身上沾了不少肉屑，红红白白，连头发上也有。

那天他们家闹得很晚。马晓宁谈笑风生，老远都听得见。吃晚饭时我把在厨房见到的事说给妻子听，不想妻子一听到马晓宁用盘锯锯猪腿，脸色立时就变了。她把碗一推，突然捂住嘴，呕吐起来。我后悔不迭。妻子是一家工厂的机床操作工，我怎么就忘了她以前说过的那些工伤事故呢？那顿晚饭，我和妻子的胃口都被败坏了。

我每年从老家回麦城都是乘长途汽车。自从我发现老家的鸟儿变少，而且弄明白它们已经大量迁徙到麦城这样的城市以后，每次在车上，我都会留意车窗外的鸟儿。这一看，我确实发现有很多鸟儿飞在天上，飞在车的前前后后，它们的去向和汽车行进的方向一致，是在往南飞。寒假结束后车上格外挤，大批过了年的民工带着他们的行李挤在车上。有一次我在车上还碰到我的一个中学同学，他说在家种田太苦太穷了，他这就到城里打工去。他的目的地是一个比麦城还大得多的城市，我帮不了他什么。我没有问他具体到哪儿打什么工，我猜测他十有八九也会像大多数民工那样栖落在城市高高的脚手架上。车程很长，我在车上昏昏欲睡，迷糊中，我仿佛看见在车子的上空，有一大片黑压压的鸟群正浩浩荡荡往南飞翔，那鸟群层次分明，麻雀和黄雀贴着地面飞；大雁们飞得最高，接近云端；半空中是斑鸠白头翁和无数不知名的鸟类。那阵势有点类似于战争年代的轰炸机群。

马晓宁家请客的那天，他们一直闹到十点才散。十一点多钟，喧嚣了一天的建筑工地终于安静下来，工地上的太阳灯也熄了，整座宿舍楼这时才真正地坠入夜色。那天，我和妻子胃口都不好，我们早早地睡了。渐渐地，远处学生宿舍楼隐隐传来的喧闹声也听不见了。我们都睡着了。我睡得很沉。那天夜里，我和妻子看见了一件事。我们亲眼目睹了它的全过程，但至今我们没有对任何外人讲过。是妻子首先听到了外面的动静。半夜里，妻子在旁边推我，把我推醒了。她是想做爱吗？这不符合我们的生活规律。

我翻了个身，没有理她。她继续用力推我，直到把我弄醒。我老大不快地说：“你干什么？！”妻子压低了声音说：“你听，外面什么声音？”我抬起身，竖起耳朵，果然听到了窗外有轻轻的叮叮当当的铁器碰击声。“是老鼠吧？”我重又躺下去，不想再理。我们的宿舍楼位于校园的边缘，楼边上就是围墙，墙下堆了不少建筑材料，大白天都能见到老鼠出没。妻子说：“什么老鼠，你听，还有脚步声！”我侧耳听听，确实。可以肯定，是有人在干什么事情。还能听到有人在说话，说的什么听不太清。

我光着脚下了床，轻轻走到窗户那儿，侧耳细听。确实是有人，还不止一个，在搬着什么东西。我立即想到了楼下堆着一大堆小山似的钢管，那是搭脚手架用的。这时再迟钝的人也能断定，是有人在偷那些钢管。妻子在床上把床头灯打开，小声问：“他们在干吗？”我说：“干吗，偷东西！”我小心翼翼地拨开一角窗帘往外望，影影绰绰，看不清楚。我让妻子把灯关了，钻到窗帘里面，这下看清了，有好几个人，至少五个，正在把围墙内的钢管往外面递。我的心怦怦跳得厉害，生怕他们看见我。我蹑着脚回到床上，妻子说：“我早就听见了，一直没敢叫你。”我抱怨妻子道：“你本来就不该叫醒我！你想管这个闲事？”妻子说：“那你就让他们偷？你还能睡得着？”我说：“睡不着就躺着。我管不了这事。”

两个躺了一会儿，妻子忍不住了。她气愤地坐起身说：“我们打个电话就可以，110！”

“那你打呀，——我们有电话吗？”

妻子不吱声了。我早想到了这一招，110一拨，神不知鬼不觉，十分钟后警察就来了。但我们家没电话。我可不敢去抓他们，人再多也不行。他们手上就是钢管，凶器现成，一棍子扫过来，比丈八蛇矛都厉害。我顶多只能拿把菜刀，还不在手边，要在厨房里拿。“偷光了才好哩，偷光了这鬼礼堂就造不成了。”我对妻子说，“你还没被闹够啊？”

我们两个半躺在床上，觉当然是睡不成了。半晌，妻子说：“你说是什么人在偷，你刚才看见没有？”我说：“我只看见是几个男人，大概是民工吧。”妻子说：“对，说不定就是这个工地上的。”她一掀毛巾被下了床，走到窗户那儿看。我怕她造次，马上跟了过去。妻子要拉窗帘，我摁住了她的手。我们钻到窗帘后面。

这时天色已有些发灰，楼下的人动作更快了。声音比刚才更响，叮叮当当的音已经有些刺耳。突然，谁家的灯打开了，光线刷地照在围墙上的那个人身上，他猝不及防，一下子暴露在光线底下。他浑身光溜溜的，只穿了一条三角裤，黑黑的身躯发着油光。手上还拿着一根钢管，愣在那儿，看去肌肉丰隆。等他蹲下去时，灯又熄了。

外而安静了片刻，他们叽叽喳喳小声议论着什么。不多久，又继续把钢管往外传。他们断定不会有人来管这件事，开始埋头猛干。他们很聪明，在加快动作的同时，把声音控制得不算太刺耳，这一来，大楼里不想管闲事人可以继续装聋作哑。围墙外的钢管已经堆了高高的一堆。马路上传来了一阵发动机的声音，是一辆拖拉机，那显然是他们的运输工具。这也实在太嚣张了一点。

这时我突然想起了一个人，马晓宁。他在哪儿?

他的家离围墙更近，那个站在墙上的人离他家的窗户顶多只有三四米距离。说起来他应该是最先听到动静的人。他是喝了酒，但再次的酒也只能把人眼睛弄瞎，从来没听说喝酒喝成聋子的。他不可能听不见。要知道，他可是在保卫处工作!

但他那边毫无反应，好像真的是聋了。他不是有根电棒吗?三万伏，谁吃得消!论身体他也是最棒的，整个大楼也许只有他可以和偷东西的民工短兵相接。实在不敢出去，他不是还有一杆鸟枪吗?工字牌，两次加压。把枪支在窗口，打他一家伙，那家伙还不从墙上应声而落?——可是马晓宁好像是死了。

民工们开始把墙下的钢管往拖拉机上装。钢管拖在草地上刷拉拉响个不停，把地上的砖头石子碰得叮当作响。这时我听到马晓宁家里传出了一声咳嗽，声音突如其来，吓人一跳。民工们的动作更快了。马晓宁又咳了一下，声音很响。我相信他也和我一样正站在窗户的后面。妻子兴奋地说:“马晓宁发现了，他肯定要去管!”她问我，“他要是下去抓，你去不去?”我坐在床边说:“他一出去我立马就跟上!”

我等着马晓宁。可他连咳嗽都不咳了。他好像只是有口痰，现在痰咳出来了。我等了一会儿，也上床躺下了。

妻子骂道："他妈的，混蛋！"

我说："你骂谁？哦，马晓宁是个混蛋。"

妻子说："你也好不到哪儿去。大家全差不多。"

我说："你不也差不多吗？"

妻子说："我是个女的！你再说，你再说我马上出去喊人，看有没有人出来！"她说着作势要起身。我连忙伸手按住她，"好啦好啦，我知道你勇敢。别惹事啦。睡觉吧睡觉吧。再不睡明天起不来了。"妻子气咻咻地躺下了。

外面的拖拉机开始发动。他们终于干完了，走了。

第二天一大早，我第一件事就是叮嘱妻子，让她别提夜里的事情。我也不提。我原以为工地上发现钢管被窃，会嚷起来，但他们照常开工，似乎毫无察觉。如果不是楼下的草地上留下了一片被钢管压倒的痕迹，我简直要怀疑那是个梦。邻居们谁也没提这件事。马晓宁也一切如常。几天以后是个星期天，马晓宁又背着枪出去打鸟，正好和我迎面碰上。"打鸟去呀？"我随口打个招呼。马晓宁说："嗨，前天就想出去玩玩了，可子弹没了。这不，才去买了一盒。你不一起去玩玩？"我说我还有点事，不去了。他主动说起这些，我由此断定他那夜确实是听到动静了。可即使鸟枪换了炮他也还是只会咳嗽。突然我有点不服气，脱口道："你的电棒是不是也老要充电呀？现在没准儿也没电了。"

马晓宁立即现出一丝尴尬，一丝不快。他愣了一下说："你是不是想拿去玩玩？你要早说就好了，我已经还到处里了。"

我马上说：“我哪敢玩那个。我是说你去打鸟也可以把它带上，鸟儿要是没死，你上去就滋它一下。”

“哈哈哈！”马晓宁大笑。我也跟着笑起来。

不久以后，工地上出了事故。礼堂砌到四层楼高时，脚手架突然塌了。几个正在作业的民工从上面摔了下来。他们的身体穿破了防护网，砸在地上。不过，他们一个也没死，只有一个断了条胳膊。他们真是结实！我们这栋宿舍楼大概人人都想到了那天夜里的事，但谁都不提。装聋作哑本来就是我们这些人的本事。

现在礼堂已经快封顶了，站在下面要仰着头才能看见顶部。我们这些城里人下了班就站在礼堂前的广场上看他们干活。夕阳下，脚手架上的民工看上去就像是一只只大鸟。

1997 年

青花大瓶和我的手

李崎山发了一笔大财。他早就开始做古董和字画生意，钱当然没少赚，但也算不上怎么发达。可他最近交了好运，只那么一把就发起来了。据刘律师告诉我，李崎山在三牌楼小区租了一栋七层楼房，五十年期限，租金三百万，把他的全部家底都顶上去，还借了不少债。手续办好不久，运气就找上门来了：工商银行要开一个城北办事处，看上了他一楼的房子。两下一谈，银行开出了一千万的价码。两家还在洽谈阶段，剩下的二到七层也陆续租出了，算起来租金总共也有四百万出头，足足把他整栋楼的租金都付掉。这样一来，李崎山一下子就净赚了一千多万。这可不是一笔小钱啊。

李崎山发财并不令人感到意外。早在十几年前，大学生们还在死读书读死书的时候，他就琢磨着怎样做生意。说起来他也走过一段弯路。他先是在校园里摆个小摊子，印一些信纸信封卖给学生，小有进项，每学期的一头一尾生意还很红火；不想学校突然改了校名，一下子从“学院”升格成了“大学”，中央最高领导还给学校题了校名。这下他的信纸信封一个也卖不出去了，只好全当废纸卖掉。他垂头丧气了好一阵，到底还是不服气，按新的格式又印了一批，再拿出去卖。不料想这一次寿命更短，十天不到，邮电部发布通知，从某年某月开始，邮政部门一律只收寄“符合规定”的信封。李崎山的生意一下子又全砸了。这一下他彻底破产，最后他连骑三轮车到废品收购站的劲头都没有了。

一般人遭此挫折很可能早就金盆洗手了，但李崎山就是李崎山，他没有息手。他闷在宿舍里思谋了两天，终于从信纸信封的事情中悟出了做生意的关窍。用他的话来说，那就是：信息和政策是生意的生命。信息是根绳子，拽准了你才可能不落空；政策是根擀面杖，要你圆你就圆，要你方你就得方！这话说白了一钱不值，生意人谁不知道？但是，又有谁能比李崎山的体会更深刻呢？

但理论到实践还有一段距离。李崎山并没有立即就兴旺发达。他三年级时又在外面弄了个咖啡馆，可好景不长就被几个好像是从香港录像里走出的汉子打得一塌糊涂。有一段时间，他突然从学校失踪了。我们几个好不着急。刘律师更是急得火烧火燎，他借了不少钱给李崎山当本钱，现在人没了，他几乎连饭都吃不上了。有天晚上他来找我，一是借点饭菜票，二来叫我帮他参详参详，李崎山到底哪儿去了。我推测了我所知道的他可能去的所有地方，都被刘律师一一否定了。这些地方他全去找过了。最后我说：“难不成他会跑到哪个原始森林里去？西双版纳，要么大兴安岭？”

“有可能。”刘律师苦着脸点头说，“他说不定一时想不开，就此了断残生了。”

一句话说得我心中恻然。突然他又一拍大腿说，“不可能！如果他真的到了森林里，一看见到处都是可以变钱的木材，他肯定立即就会想起做木材生意的！你信不信？他很快就会回来！”

我信。我当然信。事实证明我们猜得大致不差。李崎山虽没有到森林去，但他确实很快就回来了。他是到郑州去了。那个地方当时正流行着一句话，“要致富，挖古墓”。李崎山从此就开始做古董和字画生意，而且他一回来就把刘律师等人的钱全还清了。

我们那时还没料到李崎山会发财，发大财，只是觉得这家伙特别具备商业头脑；而且我们断定，他的大学是念不完了，他已经没时间，也没心思看书了。

李崎山发财后买了两套房子。一二楼各一大套，上下打通，做了个豪华气派的楼梯。楼下的院子不算大，但足可停得了一辆小汽车。光从这一点看，李崎山就比一般的生意人要聪明得多：他只花了七十万，稍加改造，就得到了一套别墅。地段那么好，和城外的那些什么“庭”什么“苑”自是不可同日而语。整栋住宅有八九个房间，在我这种住单间房子的人眼里简直阔绰得可以开旅馆。他家里人不多，连他只有三个。他经常把我们喊过去，让我们欣赏他刚刚弄到手的“好东西”。他拉开这间房门，取一件什么玉佩来，又拉开那间房间，拿出一件某某大师的字或者是画。我看过去，他好像是拉着中药房里摆药的抽屉。他有一次神秘兮兮地拿出样东西来，我一看，原来是一个小册页，画的全是男男女女在干那件事儿；画是工笔，那话儿都画得纤毫毕现。我看得心跳耳热，装作见多识广地说："这就是人家说的春宫画儿吧？"李崎山说："一点不错！你看看这是什么年代的？""是唐朝的吧？"我很没把握地说，"要么是明朝的？明朝人喜欢玩这个。"李崎山说："错了！是民国的。你看这头发，不是小分头吗？"我一看果不其然。但这些家伙一丝不挂，我哪儿还注意到他们的头呀！我说："民国的东西，值不了几个钱吧？"李崎山说："我哪会去卖，我是把玩把玩。"我嘿嘿地笑起来。

你可不要误会，李崎山此人绝不好色。他和他妻子是总角之交，青梅竹马，至今恩爱如初，在这方面他无懈可击。他对朋友也很不错，差不多能算得上仗义疏财。我和刘律师都是他的同学，他经常让我们帮点忙，从来也没亏待过我们。说起来我们有时心里也颇为不平。我是历史学博士，刘律师好歹也是个硕士，还有块律师的招牌，而李崎山才大学三年肄业，可我们都只能给他打打工。他当年和我同班，可如今——你说说这事儿！我们只能说是李崎山的学问不多不少，正好够用。我算是被学问给害苦了。李崎山发财发得有理，不服气不行。你想想，就算是一注大财从天上落下来，正好落到他租的那栋房子上，可他怎么就未卜先知地挑了那栋房子呢？要知道，那儿的开发商因为房子推不出去早已急得双唇起泡了。

好了，再说这些我就有些饶舌了。下面的故事才是正题。说起来它真是一件有意思的事情。

噢，对了，还得说一句，李崎山之所以经常叫我去帮忙，不是因为别的，只是因为我有一项手艺。具体地说，是因为我会配制一种胶水。那是祖传秘方。

还有，我的手也特别灵巧。我一直认为我的父母给我最好的遗传就是一个还不算笨的脑袋，还有就是一双特别灵活精巧的手。我认为我的手比大脑还管事。儿子出世以后，我给他的最实惠的玩具就是我的手。我经常在手背上画上一个鬼脸，或者在大拇指上画上一个小狗头，然后慢慢从指缝里戳出来，逗得他咯咯直笑。我觉得我的聪明大多数都集中到我的手上了。我的手比我的脸更具有表现力，也更管用。我给李崎山打工，靠的就是我的手，还有那个祖传秘方。

现在言归正传。

那天李崎山打电话给我，让我尽快到他家去一趟。十万火急！我知道，生意又上门了。一般来说，他如果是让我去开眼界长见识，只会说，你来吧，没空就算了。“十万火急！”——只有要我帮忙了，他才会如此措辞。我带上我的祖传秘方的胶水，骑上车，直奔他家。那是个雪后的阴天，寒风刺骨，我的手戴着手套还是冻得生疼。

我一进门，就看见他家客厅的升降灯正低低地压在桌子上方。明亮的光线下，一大堆破瓷片摊在桌子上。瓷片约莫有十几块，在明亮的灯光下发着釉光。几个脑袋正围成一圈，盯着它们发愣。

一共是三个人：李崎山，刘律师，还有老庄。老庄是个台湾人，男性，五十岁左右的年纪；留了一条马尾巴，看上去很像个艺术家，但他自称胸无点墨。我原本不信，初次见面时还试探了一下，结果发现他连老聃加庄周合称老庄都一无所知，可见他确非自谦。他没文化，但他会倒腾文化，还因此发了大财。据说他有一次把一匹三彩马弄到台湾，一下子就赚了一千万台币。三个人都是熟人，不必客套，我开门见山，问道："弄了堆碎东西，要我把它粘起来是不是？"

老庄说："哪儿是什么碎东西，老李兴奋过度，把它搞碎了。"语气里颇有抱怨。

李崎山说："你别急呀，我这不是把高手请来了吗。这是麦城第一修复大师，半个小时后保你恢复原样。"

刘律师插言道："这话不该你来说。朱辉说了才管用，对不对？"

我说："我得先看看东西。还有——"钱的事已到了嘴边，但我没好意思说出口，"我得估一下要花多大工夫。"

老庄说："你先看看能不能弄起来，再说别的。"

我拿起一片碎瓷端详着。李崎山见我有些不快，连忙说："一千块，怎么样？"

这个价码已经大大高出了我的估计。我第一个反应就是，他妈的，这堆破东西到底能值多少？但我没有问，这是我们的行规。我不想多费口舌，默认了这个价钱。我开始干活。

我挑了最大的一块瓷片，拿起桌上的放大镜，仔细观察断口的纹理。断口很干净，没有旧泥，而且一尘不染，显然是新口，这就不需要我再清洗了。这原先是一个完整的青花大瓶，胎体厚重，十分致密。看上去灯光下的碎瓷釉质细腻，温润如玉。我拿的这一片上有一些石榴和佛手的青花弦纹，只从这一片我就可以断定，这是明代江西的东西，说不定还是“官窑”。至于它原来是干什么的，我一时还拿不准。我问李崎山道：“这是个什么东西，你们弄明白没有？”

老庄说：“你管那干吗，你粘起来就是。”

我说：“那可不一样。如果是个唾盂什么的，我立即就去洗手。我嫌脏！”

李崎山急了，他着急地说：“你看你，又不是不懂行！天下哪有这么大的唾盂？”

我说：“那是什么？”

李崎山说：“实话告诉你，这是明朝浙江超尘禅师的骨殖瓶，我们弄到手时骨殖早就被洗掉了。这是装舍利子的东西，大吉大利，发大财！”

我说：“骨殖瓶又算是什么好东西了？况且发大财的是你们。”

老庄说：“得，再加两百怎么样？”

我说：“那就随你们了。”

我正式开始干活。我从包里把在家配好的胶水拿出来，双手随意拨弄着桌上的碎瓷。碎瓷上有一些破碎的铭文，记述的大概是禅师的行实，有“宣佛法，活人命”等字样。我闭上眼睛，一言不发，想象着青花大瓶未破时的模样。这是一种仪式，我从不马虎。我看见在明亮的灯光下，青花大瓶白瓷润泽，青花明快，亭亭玉立。整个瓶体呈口小体大状，估计瓶口大概有手腕粗细，我正好可以从这儿下手。我两手搓搓，往空调口靠靠，烘了一会儿，手发热发红了。

好了，可以开始了。

气氛立时轻松下来。他们三个开始聊天。老庄说：“你有把握吗？可别手一碰又塌下来。”

刘律师道：“他又不是第一次干这个。到时候肯定摔都摔不破。”

这时我已在左手腕上把瓶口粘成个小圈，手在里面托着，一片片往上粘。我忙里偷闲对刘律师道：“你可别给我瞎吹，摔是摔得破的，只是有一条，要是再破了。肯定不是我粘的这些缝。”

李崎山说：“那当然，你这是祖传秘方嘛！”他笑着问，“能不能把秘方透露透露？价钱好商量。”

我说：“你想得美！秘方一告诉你，你立即过桥抽板，那我可不就完啦？”

李崎山说：“哪能呢！你这双手还不是长在你胳膊上？”他得意地看一眼刘律师，“我用的就是律师的嘴巴和你的手！”

这话多少让我有些不快。但我一干上活就沉醉其中，一时无暇计较。我有条不紊地忙着，上胶，贴片。说话间我手里已经嵌上了最后一片碎瓷，一时间瓶子完整如初。我的手疲惫不堪，酸痛得不行。我舒了舒瓶里的左手，攥成个拳头，顶着瓶子道：“怎么样，完好如初！”他们三个的眼睛全亮了。

李崎山说：“要不要再等它干干？”

“完全不必要。”我说，“它现在差不多已经达到最大强度了。”我用右手指在瓶子上一敲，瓶声清亮，宛如钟磬。

“别，别。你快把它放下来吧。”老庄说。

“好了，一手交钱一手交货。”李崎山从口袋里往外掏钱。我用右手扶着青花大瓶，左手往外一拔，糟了，手太大了，瓶口太小，出不来！

“怎么啦？”

“有点不对，我的手出不来了！”

他们三人霎时间变了脸色。李崎山说：“你可别吓我们！”

我苦着脸说：“我吓你们干吗？我真弄不出来了。”我使劲地拽着，脸都涨红了。他们三个一齐围上来，看见我的手腕处已经开始出血。老庄说：“你可别玩什么玄的！要钱我再加。”

“钱，你就是钱！你把我的手弄出来。”

李崎山说：“朱辉，这就是你的不对了。你倒反过来怪我们？”

“不怪你们怪谁？”我左手平举，仿佛戴着一个硕大的拳击手套，“这鸟东西就是晦气！”

刘律师说：“好了，还是想个办法吧。”

四个人一起坐在沙发上，你看我我看你，苦思良策。最后还是我先站起来，说：“用肥皂！”

他们三个立即忙起来，一会儿一盆稠稠的肥皂水就泡好了。我把肥皂水从手腕处倒到瓶子里，晃晃，把手弄滑，然后往外拽手。手被拽得生疼，还是拽不出来。我垂头丧气地一屁股又坐到沙发上。

后来他们又提出弄香油来试一下，结果还是不行。四个人坐在沙发上，无计可施。我的手在这些滑腻腻的东西里泡得时间长了，很不好受。我说过的，我的聪明可能是大部分都集中到我的手上了，也就是说，手就是我，我就是手。手在里面憋着，我头发昏；手闷气，我的胸口也开始发闷。

老庄开始发毛，他说：“你看着办吧，反正你把瓶子还给我就行！”

我也火了。我顶道：“反正我的瓶子也粘好了，你给钱吧！”

“你放屁！你把手拔出来呀！你手拿出来我要赖你一分钱我就是王八蛋！”

我说：“你把钱给我，我用右手拿。”

老庄斗鸡似的一蹦老高：“你他妈的还我瓶子！”

我回敬："不是你的鸟瓶子我的手也没事，你还我的手！"我扬起瓶子，作势要砸他。刘律师伸手打圆场说："你可别砸，这可是文化！"这事跟他并无干系，所以他还有心思说俏皮话。

一时间我觉得特别没意思。只在嘴里嘟哝道："反正我的活干完了，随你们吧。"

李崎山说："看来我们只有请律师来解决了。老刘你看看，这事怎么了结？"

刘律师挠头道："这事很尴尬，很难说。进不得，退不得；不砸不行，砸了也不行……"

李崎山说："你就别绕了，你说怎么办吧。"

"怎么办？"刘律师说，"要说吧，朱辉确实把瓶子粘好了，按约定，他该拿钱。"

我说："就是。"

"可是呢，按我们约定俗成的理解，你干活全过程的最后一个动作，应该是把瓶子交给雇主，这个动作完成了你才能拿到佣金。可手一拿出来瓶子又要碎，你约定的工作又没有完成，你怎么把手拔出来呢？"

李崎山和老庄一齐道："就是嘛！"

我脑袋一闪，把右手一伸说："那好办。我把瓶子给你们，你们把手还给我。"

李庄二人大惊失色，一齐道："这倒成了我们的事儿啦？！"

三个人吵成了一锅粥。

……

好了，我的故事讲完了。你肯定关心最后的结果。好，我不再卖关子，告诉你。最后青花大瓶当然是重新打破了，我的手由此解放；钱他们当然是一分未付，我知道也要不到。我还要帮他们把瓶子再粘好。但因为增加了无数的新裂痕，据说那个青花大瓶身价大减，李庄二人哭丧着脸说，十有八九连本钱都收不回了。我反正是管不了那么多了。我已经够倒霉的了。

还有，我那个祖传秘方说白了一钱不值，但我目前还不想说。现在可以先行透露的是，其中相当于“药引子”的东西，其实就是一撮纸灰。父亲传我的时候叮嘱再三,一定要用古旧书籍的纸灰，年代越久越好。可这成本太高。那么现在的纸张能不能用呢？我总想试一下，但还一直没敢。

1997 年

一桩与爱情有关的窃案

第一天

这天夜里，我睡得很晚。我在电话里和聂桑谈到快十二点，我劝她别急，事情已经发生了，再急也于事无补。现在已经去报了案，只好暂时先把它放在一边，好好睡个觉。聂桑说，我以为你会怪我的。我说，怪你有什么用呢？你倒是要好好总结总结，吸取教训。你以前不是把手表也弄丢了吗，连你自己也不知道掉哪儿了，你乱不乱？还有你的房间，东一堆、西一摊，毫无条理，这些都是隐患。她说，可我以前从没有丢过这么贵重的东西。我说，你要是还不小心，下次丢的可能就不是寻呼机了。她说，还有钱，两百多块哩。我说，是啊，所以你要小心一点。聂桑觉得很委屈，她说，这是大白天，又是在办公室里，不能全怪我。我说当然不能全怪你，那个偷东西的太可恶了，公安局会把他找出来的。我如此这般的安慰了她好半天，她才把电话搁下。

刚刚睡着，床头的电话又响了起来。我以为还是聂桑，拿起电话，却没人说话。我说，喂，你说话，你是不是还睡不着？你要听话，先睡觉，一切明天再说，对方一声不吭。我有点奇怪，等了一会，还是听不到任何声音，我只好把电话挂了。

聂桑是我的学生。在学校时我教她写作，她毕业后到杂志社当了记者，我还经常帮她改改文章。她今年二十岁出头。这个年龄的女孩有时心思很难捉摸。我奇怪她打了电话为什么又不说话。我重新关灯睡下不久，电话突然又响了起来。我吓了一跳。一把抄起电话，喂，里面还是悄无声息。这实在是有点过分了。我的口气不再那么客气。我说，有什么事你就快讲，我已经睡着了。可是里面还是没有声音。我屏住呼吸，细细听去，好像有谁在呼吸，但他就是不开口。这时我已经意识到大概不是聂桑了。她没有理由这样。我重重地搁下电话，一伸手，把电话线给拔了。

我的睡意彻底消失。这确实有点蹊跷，我还从未遇到这样的情况，不把这事弄明白，我大概一夜都别想睡着。我把电话插上，拨通了聂桑的电话。我们原本有约定，晚上只能是她打给我，以免我的电话把她家里人吵醒，但今天只好破例了。她一拿起电话，我就知道刚才的电话不可能是她打的，她睡意蒙眬，显然刚刚才被我吵醒。我说，刚才的电话不是你打的吧？她说，我没有，你不是叫我睡觉吗？我听你的话，已经睡着了。我说，可是奇怪呀，那个人拿着电话，却又不吱声，一连两次都是这样。聂桑说，当然不是我，我还有心思开这样的玩笑吗？我说，那是谁呢？聂桑说，别是什么女人吧。我说，那是不可能的。这时我脑子里突然闪过一个念头，我说，你丢东西，不是怀疑就是你们单位的人干的吗，是谁？聂桑说，他们都说可能是小赵，我也拿不准。我问，理由呢？聂桑说，以前单位也丢过东西，他们就怀疑是他干的，今天中午单位没有一个外人。我说，小赵就住在单位资料室是不是？他那儿有没有电话？聂桑说，有，他那儿有个分机，你想干什么？我说，我怀疑就是偷寻呼机的人打我电话，我要试一下。那个分机的号码就是我常给你打的那个吗？聂桑说，不是。我说，那你告诉我。她想一想，说了一个号码，但我没听清。她的声音含混不清，还没醒透。我让她再说一遍，她可怜巴巴地说，我的头都要炸了，你别折腾了好不好？我已经不行了。我见她已毫无斗志，只好说，好，那你睡吧，我自己来搞清楚。

我放下电话，翻出聂桑平时寄给我的杂志，在封三找到了另外的那个号码。我略略思考了一下，想好了路数，决定把电话立即打到那个小赵的资料室。

聂桑被窃的是一个汉显寻呼机，上面不光能显示寻呼人的电话号码，还能显示寻呼内容。白天我们约好，晚上她来我这儿，把一篇文章改一改。直到晚上九点，我还不知道她的寻呼机已经被窃，我一连给她打了三个寻呼，前两次我光留了个号码，让她复机，最后一次我有点着急，让接线小姐留了言，催聂桑早点来。她一直都没回。九点多钟她才打电话告诉我，说她的寻呼机被偷了。我在她已经被窃的寻呼机上留的是：你怎么还不来，我等着你。这句话看上去很亲密，而且寻呼机上必然还留有“朱先生”的字样，这很容易使人想到这个“朱先生”和聂桑的关系是大不寻常的。这很让人好奇。我这样想：聂桑容貌出众，她的爱情本来就是他们单位的一个经常性话题。那个窃贼很可能按捺不住好奇心，把电话打到我这儿，想从中窥测出一点秘密。

我的推断是：如果那个小赵真的偷了寻呼机，而且他深夜还打了我的电话，他肯定还没睡着。我的电话打过去，他一定立即就会接。他一接，那事情就算初见端倪了。

我当然不必开口，就像我接到的那两个电话一样。但通过他的语气，我肯定能听出一点名堂。我相信我不会冤枉他，如果没有做贼，他肯定不会心虚。这么晚，如果他连几句粗话也不骂，那他就是有问题了。

我稳稳呼吸，把电话拨通了。我当时难免有一点心动过速。那边电话铃响了，响了好一阵，却没有人来接。我怕打错，看看号码，重新拨了一次。这次有人接了，不想却是个老太，她粗声恶气地问：你找谁？我吓得立即就把电话按了。我知道这次反而打错了。聂桑单位年龄最小的也有四十多岁，资料室里绝不可能深夜还有个老太。我不死心，又重按了一遍，那边还是没人。看来我的推断扑空了，但我对小赵的怀疑并没有就此减轻。

第二天

我见过小赵。是个黑黑瘦瘦的小伙子，话不多，很平静的一张脸，但看上去并不简单。我到聂桑杂志社去时遇到过他几次，他本不和聂桑一个办公室，但我在那儿时，他不时进来一下，一会儿是找资料、送校样，一会儿又是别的什么事情。他好像对我们的谈话很有兴趣。我当时就觉得这不太正常，我一去，连和聂桑同办公室的副主编都借故走开了，就这个小赵老是进进出出。我半开玩笑地问，这小伙子是不是对你有好感？聂桑撇撇嘴说，我哪儿知道，口气颇为不屑。但我确实觉察到小赵对我隐藏的敌意和戒备。第二天，在去公安局的路上，我又和聂桑谈起小赵，她告诉我，小赵还在试用期，每月工资只有三百块，一个人在麦城生活，已经穷得不能再穷。杂志社以前从未丢过东西，小赵来了后，已经接连发生了两起窃案。那一次是两百块钱。中午下班时几个人嚷着要小马请客，小马扬扬手里的笔记本说她只有两百块钱了，不肯请。下午上班时，钱就不在了。夹钱的笔记本放在小包里，其他东西一样都没动。这次的情况和那次差不多：下班后分别下去吃个快餐，然后各自找个沙发躺上一会儿；下午一上班，聂桑的寻呼机就不翼而飞了。两次窃案时隔半个月，手法如出一辙。如果说有一点不同，那就是窃贼胆子更大了，聂桑躺的沙发离她办公桌上的包不过几米远，她万一醒来怎么办？如果真那样，他只好说：我是想跟你开个玩笑。只有本单位的人才有这样的退路。聂桑背对门躺着，她的桌子靠近门口，极易下手。这一点对一个小偷来说确实是个诱惑。

我们这是到区公安分局去。我事先给聂桑报过案的派出所打了个电话，说我们想把失主的包送去打个指纹。接电话的人态度生硬，很不高兴，我知道我确有越俎代庖之嫌，但这是一个好办法。杂志社总共才十来个人，指纹一对，肯定就能水落石出了。我说了我的理由，赔了不少好话，最后他问我，包是什么质地，我说是牛皮的。我知道他的意思，连忙补充说，包是黑色磨光牛皮面，很容易留下指纹，铝粉一撒可能就出来了。那边一听，说，没你想的那么简单，但口气和缓多了。他让我们直接把包送到分局刑警大队去，就说是一个姓张的让去的。

我们到了区公安分局，刑警大队原来就是一个小房间，里面有几个人正在看电视。我说明了来意，一个敦敦实实的小伙子过来招呼我们。他拎着包对着光线打量了好一会儿，问，除了你，这个包没有人碰过吗？聂桑说，应该是吧。我补充说，女孩子的包，别人一般是不好动的，除了那个小偷。警察说，指纹是可以打，不过我先要说明一下，药水一喷，这包基本上就没用了。我奇怪道，怎么会呢？不是撒一撒铝粉就行了吗？警察说，这样的质地，不用药水做不出来，你们自己拿个主意吧。我看看聂桑，看出她有些舍不得。她跟我说过，她这包价值八百元。我只好说，那我们就不做了，不过，可不能就拉倒了，这不太便宜那小子了吗？聂桑说，总共差不多值三千块钱哩。警察说，哪能就这么算了。他对聂桑说，你不是还丢了钱吗，钱包里还有别的什么？聂桑把钱包从包里拿出来，递给他。他小心翼翼地打开钱包，从里面捏出一张电话磁卡说，你们把这个留在这儿，我们做做看。我说，这上面可能什么也没有，小偷直接就把钱抽出去了。警察说，我们也只能试一试了，死马当活马医吧。

我知道这事大概是白费劲了。出门时聂桑一把把她的包抓在手上。刚才在路上，我一直提醒她不要用手直接碰包，只能拎上面的带子，存车时她被我说得没个抓处，索性让我提着。现在不用管那么多了。警察见我们情绪低落，安慰我们说，其实有没有指纹并不重要，我们破这种案子另有办法，他突然想起了什么，说，你们没有去挂失吧，那就对了，不要挂失，要让他用，他一用我们就有办法找到他。聂桑说，他还敢用啊？警察说，别人用也行，我们可以顺藤摸瓜。我说，他哪儿知道号码呢？聂桑说，他肯定能知道，我们单位一人发了一张号码表。警察说，你是认定是你们自己单位的人偷的，如果不是呢？这样吧，你以别人的口吻不断地往上面留言，就说：你的号码还是 ××××× 吗，为什么不回电话？这样他就知道了。聂桑说，要经常打吗？我说，经常刺激刺激，他不想用说不定也就用了。警察说，就这个意思。

我们都知道这事殊无把握，只能是姑且一试。出了公安局大门，我问聂桑道，你能肯定是小赵偷的吗？聂桑说，他们都这么说。那你呢？聂桑说，我也觉得是他。那好，我相信你，我说，那你如实告诉我，小赵是不是爱你，他有没有向你表示过什么？

聂桑脸一下子绯红，她说，他请我看过电影，还约我跳过舞。我急切地问，你去了没有？聂桑斜睨我一眼道，去了又怎么啦，这关你什么事？告诉你，谁约我都去，可有人就是不约！这话显然话里有话，我怎么会听不出来？我和聂桑当然另有一些故事，但不宜在这里说。我忙说，你瞎扯什么呀，我是想知道小赵是不是有点爱上你了，如果那样，而他又偷了你的东西，那么在他心里他的爱情显然还顶不上三千块钱！至少在开你包的那一刻，他没想到爱情。聂桑扬了扬她美丽的脑袋说，管他爱不爱，我反正对他毫无兴趣，又正色对我说，刚才我是骗你的，他两次约我，我都没去，真的。

我当然相信这一点，但我没接她的话。我想的是，这事不能就这么算了。守株待兔肯定是不行的，既然目标这么明确，我们就应该主动出击。虽然我昨夜打给小赵房间的电话没有人接，但我相信我的直觉没有出错，他可能用的是别处的电话。如果他确实给我打了电话，那只能说明他对聂桑寻呼机上的信息有异乎寻常的兴趣，他想透过那个小小的液晶显示屏窥测聂桑的私生活。这可能不是他的本意，但寻呼机到了手，他却难以自抑。他毕竟喜欢聂桑。

我心里有了一个计划。事不宜迟，我决定尽快实施。我把想法跟聂桑一讲，聂桑立即大感兴趣。她觉得这个计划富有冒险性，刺激。我们说好，当天夜里就实施行动。

手机大降价时，王朝公司的李总曾鼓动我买一个，我大不以为然，我说，我要那个玩意儿干吗，装样子么，那我花十块钱买个玩具“大哥大”往裤口袋一戳效果一样。下午我去跟李总借手机时，他正好拿这话来气我。末了，又怂恿我去弄一个，倒好像他拿了电信局的佣金。我当然不理他。我只要用这一晚上。

夜里十一点，我和聂桑在军区总医院门口会面，然后骑车直奔他们单位。她穿了一件黑色的连衣裙，一张白脸在夜色里影影绰绰。我们明明知道时间还是很宽裕，但都骑得很快，我们都有点控制不住自己。聂桑喘着气说，真过瘾！这简直像是去拍电影！我说，是啊，真该通知一下电视台，让他们来个“大写真”，题目就叫“两个神探出马，窃贼手到擒来”。骑着说着，一会儿就到了。在他们单位楼下把车子一停，我就牵着她的手往楼前的树荫下走去。才走了几步，身后突然咣郎一声巨响，聂桑吓得差点叫出来。我一看，原来是走得太慌张，车没停好，两辆车一齐倒了。我拉拉聂桑的手，示意别去管它。直到这时，紧张的气氛才真正弥漫开来，我发现，聂桑的手心沁出了微汗，还有点发抖。老实说，我也有点紧张。我们开始吧。我问她，你们资料室在几楼？四楼，她回答。我掏出手机，让她报出号码，我借着键盘上的微光把电话按了出去。然后我把手机贴到耳边，等着总台小姐的声音。

不想楼上突然铃声大作！一看，正是聂桑黑洞洞的办公室。我愣住了，一时回不过神来。聂桑说，错了！错了！我慌忙把手机合上。聂桑说，我刚才把号码报错了！我说，你们单位的号码我不知道吗？我要的是寻呼台的。聂桑说，寻呼台的你不是知道吗？我一想也是。看来我也是个弄不得真刀真枪的家伙。

第二次不会再错了。小姐问，寻呼号码？我答，9887；寻呼内容？我说，速回电；请问电话？我说，9044079。电话一断，我立即就把手机合上，紧盯四楼的那一排房间，侧耳细听。

四周一片寂静，只有不知名的虫子们还在仲夏夜里交织长鸣。我从中辨出了金铃子的鸣叫，叮铃铃——叮铃铃，但这不是我们等待的声音。楼上的窗户黑黢黢的，马路上的灯光映在窗玻璃上，有一丝微弱的反光，像城府很深的人的眼，令人捉摸不透。我们紧紧地盯着四楼，良久良久，脖子都仰酸了，还是没有声音传下来。聂桑拽拽我的衣角，没用了，我们走吧，她没精打采地说，他不会把寻呼机打开的，我昨天一发现东西丢了，立即就连呼了好几遍，最后也没找到。我不死心地说，他当时不开，现在就不开吗？你要知道，现在是夜里！我看手表说，现在已经十一点半了，你相信我，再试一次。聂桑说，那我们到大楼后面吧，资料室在朝北的房间。我生气道，那你怎么不早说！我们快走。我拉着她的手往大楼后面走。她嘟哝道，后面也没用的，要有声音早就听到了，我们算了吧？我不理她。

楼的阴面有一股阴郁的酸臭气。出乎意料的是，大楼后面反而不那么黑，四楼有一个房间正亮着灯。我问聂桑，那是不是就是资料室。她抬眼看了一下说，大概是吧，我也数不清楚。

我拿出手机，再一次把电话要通。小姐的声音一如刚才那样明亮，她当然不会想到她正在和一个躲在黑暗里的人通话……突然楼上响起了一阵“毕毕毕”的声音！天哪，天哪！你终于应声了！我浑身上下全部的肌肉和神经立即就紧张起来，我回头招一下聂桑，立即像猛虎一样冲到了大楼前。我蹭蹭蹭地往楼上蹿，两步一跨，三蹬两跳，四层楼我大概只用了不到两分钟就上去了，这是一项纪录！我飞步走到小赵睡觉的资料室门口，里面的寻呼机又响了起来，那么明确，绝无差错！这是我让寻呼小姐连呼几次的结果。我伸手敲门，——不开？好，我用脚踢！……门终于开了，哈哈，人赃俱获，你还有什么话可说？你这个窃贼，窥欲狂！

我们走吧，聂桑抱着膀子轻声说，我有点冷了。我一下子清醒过来。事实上，这是我计划的后半部分，是结果。看来它确实是落空了。不过后来我们走到车棚那儿的时候，还是听到了一阵“嘟噜噜”的声音，但它不太像寻呼机。聂桑拉拉我说，我的寻呼机可以调出二十四种声音，不知道有没有这种声音。我又来了点精神，但已不敢造次，我让她在原地等着我，自己轻手轻脚地上了楼。到了三楼，却看见一个小孩子正在昏暗的走廊上玩着个玩具大哥大。这个小家伙，夜游神！他看见了我，叫了声：“爸爸！”立即往一个亮着灯的房间里跑。我吓得立马就溜了。

聂桑在暗处对我说，这下你死心了吧？我一言不发。我觉得很丢面子。推车时她的口袋里“当啷”掉出了个东西，在黑暗中闪着寒光。我捡起一看，原来是把水果刀。哦，武器，我嘿嘿地笑起来，她也跟着笑了。在路上她自言自语似的说，我还没有过这样的经历，半夜三更跟一个男人在外面，有意思。我说，你不正好可以写一篇文章吗？她说，我还有心思写这个？你要记住，这可是你第一次晚上约我，不过我不怪你。我说，也是好心嘛。我把她送到她家楼下，就分手了。

第三天

事情到了现在，我不打算就此歇手。我知道这桩窃案并不是起因于爱情，是因为钱，见财起意，但我还是想借助于情感因素把事情弄个水落石出。这已经不单纯是为了破案，对我而言这是个课题，一个关于钱和情的课题。这很有意思，富于挑战性。对手小我十岁（如果真是小赵的话），这样的落差让我颇有自信。

下午我给聂桑打了电话，问她上班后的情况。她对我说，大家都安慰她，主编还允诺给她一点补助，只有小赵令人生疑地没有和她讲一句话，眼睛也躲躲闪闪地不敢看她。我一贯相信直觉，更相信女人的直觉。我让聂桑安心上班，她问我，能不能去电信局报个失。我知道她还是心疼那半年的服务费。我好不容易才把她劝住了。我向她保证，要是一个星期还没有结果，一切随她。

上午，我已经用两个不同的电话呼过那个寻呼机。我把寻呼机的号码打在上面，问，为什么不回。这是按那个警察的吩咐做的，但我觉得这个办法没有把握，老是这样弄可能反而会打草惊蛇。东西已经到手了，他又何必着急？我想用另外一招再试一试。我希望这个孩子（他不才二十岁嘛）在情感上会犯急躁冒进的幼稚病。我要用一根线牵他一牵。我并不指望能把他一下子提出水，但只要他有了反应，那也是了。

具体说，我是这样做的：我先做通了聂桑的工作，让她告诉我，目前有哪几个正在追她。知道了还有一个小石，是新华社的，经常到她单位去。我让她跟小石打个招呼，最近不要再联系。聂桑说，你这是什么意思？我说，我不是让你们就断掉，只是要你在单位里做出和他断了的假象，要让小赵看到。聂桑答应了。十分钟后，她打电话告诉我，小石刚才正好来电话，她骂了他一通，小赵也在旁边听到了。到此，第一步结束。

然后，我要通寻呼台，请小姐在聂桑的寻呼机上留言：聂桑，我们俩的事到此为止，愿你另觅高枝，再见。我要求小姐准确无误地发出信息，一个字也不要改动。这个时候发生了一点误会，虽然小姐的声音和平时一样温柔动听，但我敏锐地觉察到她的声音有些紧张；她一再问我，你的电话、全名。我突然明白过来，公安局已经做过工作，和寻呼台联系布控了。我认真考虑过，而我一般说来不可能至今还不知道呼机被窃的事。总台的小姐如此沉不住气，我决定索性连她们一起蒙一下。我说，我已经好些天没见过机主，我想和她拜拜了，也不想再见到她，请你无论如何帮我在上面留个言。小姐看来已经相信了我的话，不过她说，这个寻呼机已经遗失了，机主收不到信息。话说到这里，我明白不说实话是不行了。我只好告诉她，我正是为了破案才留这个言的，我还强调说，是公安局让我这样做的。小姐这才答应了。

至此，我的网已织就，下面要干的就是仔细观察。聂桑其他的情丝均已切断（看上去她挺倒霉的），我网开一面，就等着小赵游出来。

时间当然很重要。但在人人疲于奔命的今天，一个人的寻呼机丢了，三天内别人暂时还不知道，这是可以理解的。

我让聂桑在单位里做出若无其事的样子，同时密切注意小赵的反应。我相信如果真是他偷的，那他看到这些信息就不可能无动于衷。一个寡言沉郁的小家伙，在感情面前往往反而做不到慎思谨行。他曾经被金钱诱惑过，这说明他本性里就有易被诱惑的成分。如果他真的毫无反应，那我只好劝聂桑不要再胡乱猜疑了。你什么证据也没有，岂不冤枉了好人？这样，我也算是替小赵洗刷了罪名了。

第四天

中午，聂桑来电话说，小赵再一次向她发动爱情攻势了。他一扫阴霾，变得热情、温存，他红着脸约聂桑晚上出去喝茶。聂桑问，你说我要不要去？我说我也不知道。我的意思是我也不知道聂桑去了该怎样喝这个茶。你能想象和一个很可能偷了你东西的人在一起喝茶是什么滋味吗？聂桑说，我倒是要去尝尝这个滋味，我今天肯定要去。

……

以上是我在聂桑失窃后几天里的言行实录。我只是按照我的写作习惯稍稍梳理了一下而已。

1997 年

棕色药瓶

电算91-2是一个简称，指的是电子计算机专业91级的二班。这个班上女生很多，占全班总人数的三分之一，有12名。12个女生分两个寝室住，每个寝室住六个人，分别是202、212。两个寝室门一个朝南一个朝北，门对门。

从第三学年的第二学期开始，女生寝室开始丢东西，准确地说是开始失窃；起先只是一些女生们的生活用品：鞋子，连裤袜，式样别致的衣服，诸如此类。后来，一些价值不菲的东西也开始不翼而飞了，截止佟莉丢了爱华随身听去向辅导员报案时，两个寝室都已经丢了许多东西，不得不令人重视了。

虽说两个寝室都有损失，但被窃的情况不太一样。朝北的212丢的主要是不太值钱的生活用品，而202已经丢了一台随身听和一个银燕闪光灯。212丢的东西不贵，但件数多，两下一比，两个寝室的损失情况也差不多。

电算91的辅导员叫张旗，三十岁不到，已婚，爱人在校医院药房工作。张旗戴一副式样呆板的眼镜，胖胖的一张脸，看上去很老实，甚至有点蠢。但是要注意，以貌取人常常是要大跌眼镜的。基于人的复杂性和人性的隐蔽性，我们有时看人应该反过来看：貌似聪明的常常有点幼稚，而看上去很老实的一个人倒往往是个厉害角色。这就像小孩子玩的塑料面具，止面有一个大鼻子，挺得老高，一览无遗，但你反过来看看，那是什么？——是一个深深的洞！张旗话不多，但并不是不说，他只是在心里说，对自己说。他习惯于在适当的时候提醒自己。

张旗对这件事很恼火。他是个声誉颇佳的辅导员，虽说学生不一定人人在心里服他的气，但至少都很敬畏他；领导呢，觉得他能干，有了什么事压得住阵。他带的电算 91 两个班样样都走在全系的前面，学习成绩，各项活动，甚至每周三的政治学习，每两周一次的大扫除，都像模像样。这还在其次，更主要的是，两年多过去了，电算 91 还从来没出过什么事。这不能不归功于张旗调教得好，电算专业的学生城里来的多，按说应该调皮一点，但张旗麾下的两个班稳重而安定。上次为了食堂伙食的事，学校不少学生罢了餐，全系只有张旗的两个班安然不动。因为这件事，连校领导都对张旗有了一个好印象。

张旗觉得当辅导员就像是下一盘棋，对手是谁，你不一定能说清楚，但只要平平安安、顺顺当当地把学生们送出去，你就赢了。棋局很长，四年一局，所以你要有耐心，不能急躁，当然还要有运气。平心而论，张旗的辅导员也确实当得不错，他对他带的两个班的大多数学生的特长、秉性，都有所了解，所以他下的不是围棋，而是每个棋子各有特点、有车有卒的中国象棋。他一直下得不错。

可是现在出事了。

全校的女生都集中在两栋宿舍楼里，电算91的女生所住的二楼同时还安排了其他好几个系的女生，消息传起来如疾风拂过水面，那是很快的。平时某系某班的某女生交了个什么男朋友，不几天整个楼层都会知道，何况东西被偷这样的事呢？——而且东西丢得还真不少！好事不出门，臭事传千里，这样的事传出去影响是很坏的。

张旗对他的班级的声誉相当看重，因为班级的声誉就是辅导员的声誉，而辅导员的声誉和其他许多很实际的东西密切相连。他要求来报案的佟莉，首先是要保密，在宿舍里，在班上，在任何地方都不要声张。佟莉问：要不要到保卫处去报个案？张旗说：不要。

佟莉问：那要不要向楼下的宿舍管理站报告一下？

张旗说：也不要。

那——，佟莉有些不解。

张旗说：你还没看出来吗？小偷就在你们两个宿舍里！你回去，给大家传达一下，保持平静，就像什么事也没发生那样。他加重了语气说，就说是我说的！

佟莉一走，张旗开始思忖。他不光断定这是内部作案，而且他推测十有八九小偷就在朝北的那个寝室，212房间，原因很简单：212丢的都是些生活用品，小偷可以很从容地作案，而202丢的随身听之类，外寝室的人顺手牵羊的可能性很大。小偷不管出在202还是212，都算是出在内部，这就很棘手，传出去也令人难堪：外面的人撬门拧锁顶多算是学生自己防范不严，宿舍管理站更有责任，而同学自己干的，那就只能说明是教导无方了，这一点作为辅导员无从推卸。

所以首先是要保密，要封锁消息。女生们都嘴碎，像群麻雀，叽叽喳喳，因此光让佟莉带个信未必有效，她本人就是个麻雀头儿，看来还得亲自去一下。

张旗到了女生宿舍，一眼就看见202的门上贴了张“雀巢”咖啡的招贴画，上面还写了个“雀巢请进”。这是个玩笑。一周前他来时还没有看到这个，显然才贴上去不几天。张旗想这倒真是名副其实，看来及时来一趟确实很有必要。

会是在212开的，两个寝室的女生集中到一个房间。12个人都在，一个也不少。张旗平时话不多，这样的人说话往往更有分量。他很注意地观察了女生们各自的表情和表现，明明作案者就在她们中间，但看上去没有一个人表现异常。尤其是疑点最大的212寝室，大家一起叽叽喳喳，听起来居然人人都丢了东西，都是受害者。张旗觉得很烦，几乎想马上就走。但他立即提醒自己，要沉住气，要妥善处理，掌握分寸。事实上他确实做得很好，他自始至终没有当众点破这是内部作案，倒是批评学生们自己不注意门户，“有没有外系的同学来串门？——有，是不是？你们自己实在是太大意了！”佟莉瞪大眼睛看着他，大惑不解，张旗佯装没看见。他让佟莉牵头，把所有丢失的物品做个统计，交给他。最后他再次强调，以后不许再在公开场合议论这件事，大家要把精力集中到学习上，“管好你们的门户，更要管好你们自己的嘴巴！”这是他的结语。

要说张旗真有什么高招，那也不见得。他最关心的实际上就是保密。会后，他并未采取什么措施，他照常上班、工作。两周一次的包干区大扫除，他大声吆喝着那些偷懒的学生，带头挥着大扫帚干在前面，满头大汗。他留心观察，发现女生寝室失窃的事确实尚未扩散出去；有个别男生风闻了这个消息，但也仅限于私下谈论，暂无传出他所管辖的两个班的可能。他对这种状况相当满意，照此推测，再过一段时间，连这样的私下议论也将烟消云散了。

但是情况很快就有了新的变化。那就是，女生寝室在平静了半个多月后，又开始失窃了！先是一件羊毛衫，然后是一双棕色牛皮鞋。那双皮鞋不巧又是佟莉的，这个倒霉的女生看来是忍无可忍了。她在张旗面前说着说着就哭了出来，还坚持要去宿舍管理站报案。张旗好不容易才把她安抚下来，让她再等等。迫不得已，张旗在她面前明确表态，一定尽快把事情搞清楚。

这是张旗工作近三年来遇上的最为棘手的一件事。不管怎么说，破案他并不在行。那次在 212 寝室，他明明知道 12 个女生中至少有一个是小偷，但他却没有看出一点端倪，这就很能说明问题了。张旗第一次感到了束手无策。

他私下里找女生谈话，先找学生干部。不想他才谈过一个，事情就出现了转机。

情况是这样的：212 寝室有一个女生，叫方玉英，来自某省农村，人长得黑瘦，平时寡言少语，日常衣着也很土气，是个很不起眼的人。有一天，她穿了一双鞋出来，本来谁也没注意。不想对门的佟莉看到了，跟在后面打量了好一阵，认定，这是她的鞋！这是个急性子，一下子就嚷了出来。方玉英矢口否认，两人在寝室里吵了起来。马上就有班干部去把张旗喊来了。

张旗一到寝室，立即把其他女生集中到 202 房间，要求她们在事情搞清楚以前不要出来，然后他关上 212 的门，单独面对佟莉和方玉英。

鞋子的式样、颜色、产地，甚至还有尺码，都完全一样，但佟莉在她的鞋里垫了一双鞋垫，现在的这双鞋里却没有。虽然佟莉一口咬死这就是她的鞋，但张旗很慎重。双方各执一词，看上去佟莉要理直气壮得多。方玉英一直在嘤嘤地流泪，她翻来覆去只一句话：这鞋是她自己买的。在没有更确凿的证据以前，只能认为这是个事实，虽然它无法被证明。

双方僵持着，张旗觉得非常为难。他心里明白，这件事今天总得有个了结。两个女生都说够了，一时间谁也不再开口。佟莉瞪着两眼直视着他，张旗突然觉得这个咄咄逼人的丫头是那么讨厌！——张老师，我要求你开箱检查，她指指箱架上一个黑红色的木箱说，就是那个箱子。张旗看看方玉英，她的目光里充满了哀求。张旗在心里叹一口气。看来疖子长熟了，只能用针挑破。他坚定地说：看来也只能这样了，对方玉英说，希望你能理解我，至少我们得澄清一下。请你把它打开。方玉英无奈地站起身，哆嗦着手，去开她的箱子。张旗突然想起了什么，扭头对佟莉说：现在，你先出去。佟莉不解地站着，不肯动。张旗不容置疑地说：请你到对面寝室去！佟莉很不情愿地走了。

箱子打开了，方玉英掩饰不住自己的慌张。其实刚才张旗要求佟莉回避，而方玉英并没有理直气壮地反对，张旗心里就有了数：如果她真是清白的，佟莉在场，不是可以让事实给她一个耳光吗？但张旗翻着箱子，乍一下，却看不出什么疑点。箱子里没有随身听，也没有闪光灯，都是一些女人的衣物。这是个很困难的学生，一个实实在在刚从农村出来不久的穷学生，面前的衣物有一股难以忽略的寒碜气息。张旗自己也是从农村读出来的，他不由得有些辛酸。他几乎就要放弃了，只是下意识地在完成整个过程。就在这时，身后的方玉英突然结结巴巴地辩白说：这是我自己的，真的是我的！张旗立即注意到自己手上正摸着的一件衣服。这是一件羊毛衫，压在箱子的最底下。张旗把它抽出来，拎在手上，那艳丽的光泽立即把方玉英泪迹未干的脸映得死人般蜡黄。

事情已经很清楚，这件羊毛衫是别人的。那么方玉英脚上的鞋也肯定不是她的。这是最近失窃的两件东西，现在都有了着落。

那边方玉英已经扑倒在她的床上哭了起来。

他找来一个塑料袋装上羊毛衫和那双鞋，拎着袋子走出 212 寝室。他敲敲对面的房门，喊出一个学生干部。张旗严肃地对她说：现在情况还不完全清楚。我把方玉英交给你，你安排几个同学轮流值班，24 小时陪着她。

世上没有不透风的墙。张旗一走，方玉英是个贼的新闻立即就在南北相对的两个寝室传开了。只是慑于张旗严厉的三令五申，消息暂时还没有扩散到男生们那边。以后的两天，张旗的精力完全集中在这件事情的处理上。他频频出入女生寝室，和方玉英以外的女生谈话，关上 212 寝室的门，和方玉英谈话。他希望能把此前一连串的失窃事件一起给了结了。方玉英只是哭，两眼已经红得不成样子。她虽然哽咽得说不成话，但她的意思非常坚决：以前的那些事与她无关，她只是一时糊涂，第一次做这样的事。张旗似信非信。方玉英的慌张和不老练，是他亲眼目睹的，你很难设想，一个惯偷会把她偷来的东西穿在自己脚上，以至被失主当场认出。而且，检查箱子时如果不是方玉英自己沉不住气，也不大可能露出马脚。张旗知道他自己并不是一个长于推理的神探。但如果不是她，以前的那些事又是谁干的呢?

渐渐地，外面已经有了些风声，张旗知道，长久的保密是不可能的。班上有些学生和系里往来密切，似乎系里已经有所耳闻了。有一天，分管的吴副书记看上去不经意地问了一句：最近年级的情况还好吧？张旗很巧妙地搪塞过去了。这位副书记一直疑心张旗觊觎他的职位，张旗心里当然有数。他明白，必须尽快妥善地处理这件事。具体怎么做，他还没有决定。

就在这关口，事情又有了新的发展。或者说，是情况进一步恶化了。具体地说，是 202 寝室又丢了一样东西！

这次还是一双鞋，一双进口鞋，但价格更高。而且据说，男生寝室早就丢过东西，还有钱，只不过男生们大大咧咧，没有报告到辅导员这里。现在他们听到风声，说出来了。张旗着了慌。这时他心里也已承认，方玉英虽然偷过东西，但她大概没有说谎：那些其他的东西，十有八九确实不是她拿的。另一个（或几个）胆子远比她大的人，至今心存侥幸，还在作案。

张旗觉得自己非常倒霉。他已经当了近三年的辅导员，对他而言这是个关口，谁愿意一辈子只当个辅导员呢？他只希望能够把这些学生体体面面、平平安安地从他手上送出去，至于毕业后学生们怎样评价他这个人，张旗并不很在乎。他现在几乎有些恨他的这些学生了，他觉得他们事儿多！

现在事情已经出来了，很快就会传得更广，因此这倒也是个挑战，或者说是个机会。他如果能漂漂亮亮地把这件事处理好，那不也是一件好事吗？——关键是，不能让事态扩大，更不能让人觉得他张旗带的班里尽出小偷。

方玉英不知怎的竟也听到了这个消息，她哭得更可怜了。她也确实是受到了委屈。看护她的女生报告说，她几乎不吃不睡，蒙着被子躺在床上，谁也不理，什么也不说。偶尔坐起身，在床头写一点什么，又哭着撕掉，碎纸片撒了一地。情况真正开始严重起来了。

这一夜，方玉英彻夜未眠。连日的泪水把她的枕头浸得湿漉漉的，枕巾被揉成一团，扔在一边。她的床上有一股梅雨季节的气味。

同一个夜里，张旗也失眠了。他在床上辗转反侧，一会儿又坐起来抽根烟。妻子受不了满屋的烟雾，起身把窗户打开，追问他究竟出了什么事。张旗原原本本地把班上的情况对她讲了。他认为妻子帮不上什么忙——其实这也说不定，我们后面就会知道——但他说一说，可以把思路再理理。妻子很好奇，问他方玉英是个什么样的学生，张旗说她来过我们家，但妻子说她没有印象了。张旗随手从床边的写字台上找出一张表格，给妻子看。那是一张年度奖学金的发放表，上面有方玉英的照片。方玉英是个学习成绩拔尖的学生。妻子打量着照片，连连叹着，说怎么看这女生都不像个贼。

这天早晨，方玉英准时起床了。她一个人也不搭理，自己到食堂买了早饭，端回寝室里吃了。她已经好几天没有好好吃饭，那顿她吃得很多。饭后她没有去上课，而是拿出课程表上那门课的教材自己在寝室里看。当天负责看护她的女生见她已经开始看书，心里踏实多了。她不愿意掉课，第二节课开始前她跟方玉英打了个招呼，就自己上课去了。她一走，方玉英就出了门。

中午下课回来，大家看见方玉英已经在吃中饭。等大家各自买好饭菜回来，方玉英已经吃完饭，躺到了床上。她正在给自己红肿的眼睛点眼药水。

这些情况张旗都及时知道了。女生们问他还要不要继续看着方玉英，张旗思考了一下，让她们再坚持几天，如果情况没有大的变化，也就可以结束了。

方玉英第二天去上了课，她坐在最后一排。那天轮到佟莉看她，第二节课一下，佟莉看见方玉英收拾好书包，离开了教室。她追出教室，问方玉英怎么不上了。方玉英冷冰冰地说，下面是实验课，我不想上了，说着继续走。佟莉问她去哪儿，方玉英不理她。再问，方玉英沉着脸说，我的事不要你管，请你走开！佟莉一气之下回到教室，对几个女生叽叽喳喳地一说，其他人也都说不想再看着方玉英了。至此，看护的工作自动结束。而张旗并不知道这个情况。

幸运的是，张旗及时了解了另一些更为重要的迹象。他的妻子下班回来告诉他，她今天见到了他的那个学生，叫方玉英的。张旗“唔”了一声，并未在意，随口问一句：你怎么看见她的？妻子的回答让他吓了一跳：她到医院拿药，拿安眠药。张旗的大脑“嗡”了一下——不好，可能要出事！他急切地问妻子：她拿了多少？妻子说：拿了一周的剂量，七颗，我们有规定的，一次只能拿这么多。张旗紧皱眉头，点起一根烟开始抽。妻子疑惑地问：怎么了？她会自杀？张旗道：我拿不准，有这个可能。妻子也慌了：那怎么办？张旗问：这种安眠药七颗吃下去会不会死？妻子说：不会。张旗问：肯定不会吗？妻子说：不会。她从书架上找出一本书，翻了一下，说：肯定不会的。张旗说：也就是说她真的要自杀肯定还会再去拿药的，对不对？——那她会不会自己到街上去买呢？妻子说：她买不到。这类药是控制很严的。张旗点头。

一时间，张旗头脑里闪过很多念头。妻子说：她要是再来拿药怎么办？

张旗低头不语。

妻子说：要不我明天跟医院的同事们打个招呼，让他们不要给她开药？

张旗道：那会弄得满城风雨的，不好。

妻子说：那她来拿药时我就说药没有了，不给她？

张旗说：也不行。她真要死，就不会想其他办法？这一弄我更是防不胜防。

妻子道：这也不行那也不行，那你说怎么办？！她着急地说，要么你赶快找她谈谈，或者让她父母来，把她接回去，要不真会出事的！

张旗还是摇头。此刻，他脑子里像跑马。无数的念头在奔驰，但他只能挑一匹马，押上自己的筹码。事情已到了紧要关头，就看他怎么办了。他希望方玉英去拿安眠药只是为了治失眠，但如果她接着再去拿，那事情就很清楚了。而他预感到，方玉英还会继续去的。他当然有办法果断地终止这种危险，把她父母喊来，接她回去，也不失为一个办法，但他内心深处敏锐地意识到，也许他应该让事情闹得再大一点点，恰到好处地再大一点。

妻子一直看着他，满面的惶恐和期待，她等着丈夫拿主意。最后，张旗咬咬牙，深吸一口气，坚定地说：看来只能这么办了。他说，就这样，你听我的……

以后的几天，表面上看来一切平静，但这是一种有张力的平静。方玉英果然又去拿了药，她每次换一个医生，每次拿七粒。妻子每天回来的第一件事就是向张旗报告方玉英拿药的情况。张旗在他家里的写字台上放了一张纸，每天在上面画一个圈，每一圈代表七颗药。张旗静观其变，也可以说他这是在以静制动。五天过去了，女生寝室那边还没有传来任何“意外”的情况。最后他没有再到女生寝室去，他等着那个消息。现在消息尚未传来，这说明方玉英的决心已定，她希望一击成功。几年前方玉英刚入学时，张旗就了解到她特别困难的家庭情况，他听女生们说方玉英喜欢吃甜，但她穷得甚至连买糖的闲钱都没有，只好经常去校医院拿“半夏露”之类的止咳糖浆来喝。糖浆是甜的，而她现在正攒积着的是死亡。张旗猜度着她的心理，心中暗自惊叹。

传闻依然不断。男生们也有所耳闻了。经常有同学旁敲侧击地到张旗这儿打听，失窃的事有眉目没有。那些女生则更加直截了当，她们干脆问：张老师，方玉英到底拿了我们多少东西？查清楚没有？另一个女生则说：张老师，我们应该彻底查一查，这些人胆子太大了！又一个说：查什么呀，八成全是她干的。张旗遇到这样的情况，总是皱着眉头不说话，惋惜地摇摇头。

传闻总是紊乱和无逻辑的，没有多少人会去认真分析具体情况。其实稍微动动脑筋就会明白，前前后后丢了那么多东西，绝不可能是方玉英一人所为。但没有人出来为她辩护，连张旗也保持着缄默。他的这种缄默具有相当的权威性，张旗十分清楚这一点。他同时还清楚，他决不能发动全体学生去彻底地清查小偷：满屋的人在他的指挥下呐喊吆喝着去抓几个老鼠，那成什么样子了？那他会让人笑掉牙的！

但这并不代表他放任不管。偷窃在得不到有力打击的情况下是会像传染病那样蔓延的，所以必须给这件事一个坚决的了断——张旗密切注意着事态，他正等待着某件事件的到来。张旗认为，有时候等待——有准备的等待——往往是最积极有效的策略。他再三叮嘱妻子，千万不能出错。他仿佛看见，方玉英藏在什么地方的一个小瓶子里，白色的药片正越积越多。打开瓶盖，有一股淡淡的、混合型的药味飘出来。

过了一个星期天。周一的上午，两节课后，几个女生急匆匆地跑到系办公室，神色紧张地向张旗报告：方玉英昏睡在床上，寝室里一股药味！

来报告的女生咋咋呼呼，办公室里所有的目光都集中了过来。怎么了？出什么事了？大家一齐围上来。女生说：方玉英自杀了！

虽说这一切都已在张旗的预料当中，但事到临头他还是有些紧张。他问：现在人怎么样了？女生说：她动也不动，推了也不醒。另一个说：她还吐了，床上一股怪味。

分管学生工作的吴副书记上来说：我们快去看看！说完大有深意地看了张旗一眼。

两人出了办公室。离开系里以前，张旗又去书记和系主任的办公室，分别打了一个招呼。他显得不慌不张，胸有成竹。他的镇定让所有人都感到吃惊。

女生寝室二楼的走廊上围了不少人，叽叽喳喳地议论着。一见系里的人来了，马上闪出了一条通道。张旗走在最前面，一行人进了寝室。

方玉英床前的桌子上放着一个棕色药瓶，拿起来嗅嗅，果然是一股酸酸的气味。张旗一闻到这种味道，心就放下了一半，因为他准确地从里面分辨出了他预料之中的气味。他走过去，看见方玉英侧着身脸朝里睡在床上。她衣着整齐，连外衣都没有脱掉。张旗轻轻地把她翻过来，方玉英嘴里咕哝了一句什么，没有听清；张旗看见方玉英脸色红润，脸颊上有两道泪痕。试试她的鼻息，呼吸均匀。张旗镇定地拿眼一扫，一眼就发现了床的里侧有一个皱巴巴的纸条，打开一看，上面有几个字：我不想活了。张旗回身把纸条递给吴副书记。

房间的空气很紧张。没有人敢多话。吴副书记说：快把人抬到医院去！见张旗不动，厉声说：小张，你还等什么？！口气已经很不客气了。

张旗不理他，他吩咐跟进来的女生道：你，到楼下打个电话，通知校医院来人。又对另一个说：你，马上直接到校医院去，就说有人吃了安眠药，请他们出诊！

张旗指挥若定。他同时采取两项措施是为了保险，毕竟他心里还没有完全放心。他掏出烟，递一支给吴副书记，点着火。张旗坐在方玉英的床对面，沉着安然；吴副书记则要紧张得多，他大口地抽着烟，手微微颤抖，吸烟时因为太用力，嘴边还发出“吱吱”的怪声。相形之下，张旗老成稳重，更像一个领导。他走出门，对门外围观的学生道：这儿没事了，你们该干什么干什么去！返身进屋，把门关上了。

走过方玉英床边时，他又俯身察看了下。这时他听到了方玉英微微的鼾声。至此他的心已差不多完全松弛了下来。他微笑着对吴副书记说：没什么大事，她睡一觉就会好。吴副书记诧异地看着他：怎么？张旗说：我早就有了准备。吴副书记疑惑地看着他，皱着眉头，如坠云雾之中。顾及自己的身份，他暂时没有再追问下去。

当时寝室还有两个女生在场，在等待医生的这二十分钟里，她们一会儿看看两个老师，一会儿看看床上的方玉英。她们一直不敢插话。事情过去后，以她们两个为源头，张旗的表现被女生们传得神乎其神。

唯一让张旗不太高兴的是跟着医生一起赶来的妻子。她一进门就冲满屋的烟雾皱皱眉头，对张旗抱怨说：你怎么搞的嘛，抽这么多的烟，这儿还有病人哩！——这让张旗颇为败兴，觉得扫了面子；但这和医生的结论相比，完全不必介怀——医生翻翻方玉英的眼睑，听听胸部，放下听筒问：她吃了多少安眠药，你们知不知道？大家把目光一起转向张旗。张旗道：七颗。医生说：怪不得。又奇怪地问：你怎么知道？张旗笑笑，避而不答。医生看看方玉英，嘟哝道：死都不会死！她这是吓唬人吧？没事的，最迟到明天早上，她肯定就会醒过来——可是——他看着桌上空空的药瓶，疑惑地嗅嗅鼻子说：这是什么味儿？

张旗当然知道方玉英只吃了七颗安眠药，而且他还知道那股怪味是维生素C的味道。那天，张旗对他的妻子说：这样吧，你最近辛苦一下，不要离岗，如果方玉英再来拿安眠药，你就悄悄地把其他药拿给她。不要让她发现。

妻子愣一下，立即明白过来：好，那我就给她维C，这东西看上去和安眠药一样，吃多少都没事。

张旗道：这可是人命关天的事，全靠你了。

妻子很紧张，这个担子实在是太重了。她有些发木。

张旗问：谁跟你一起当班？

妻子说：小严。

张旗想一想道：你把这张照片给小严看一下，请她帮帮你。他显得很轻松地说，你放心，我每天都会提醒你的。他把桌上的表格递给妻子。

果然不出张旗的预料，这件事很快就结束了。事情从失窃开始，到张旗指使妻子暗中换药，再到方玉英自杀未成的整个过程，不久就在校园里上上下下广泛地流传开来；传得有声有色、有张有弛、有滋有味，仿佛现代校园的一个传奇。再过一段时间，慢慢地也就风平浪静了。但有几件事还值得在此一说。第一，电算91级从此再没有发生过一次偷窃事件，甚至连此类话题都没人再去提起，虽然此间张旗的家曾被撬过一次，但可以肯定这绝不是他的学生干的。第二，方玉英最终平静地完成了她的学业，她的难堪和痛苦是可以想见的，但她以农村人的韧性隐忍地挺了过来，直至毕业。第三，那就是这届学生毕业后，张旗被提拔成了学校学生工作处的副处长，虽说和吴副书记平级，但他可以经常召集各系的副书记们开会，他在上面讲，吴副书记只能在下面听。这是一个让很多老资格的辅导员眼红心热的职位，终于被一个后生拔了头筹。

临近毕业，张旗在给方玉英写鉴定时颇费了一点脑筋。不写不好，写又怎么写呢？方玉英本人并没有来找他，向他提出什么要求，但那一阵，她老实巴交的脸庞倒时常在张旗脑海里晃悠，驱之不去。他不得不承认，方玉英被他当了一次牺牲品，他也不能太对不住她了。最后，张旗眉头一展，有了办法。他拿起笔，一气呵成，把方玉英的毕业鉴定写好了。除了例行公文式的许多好话之外，有这么一句与别的所有人都不同：“……该生手脚灵便……”

张旗写完，歪头看看，觉得自己写得很不错。

1997 年

一千零二夜

我听说，麦城的西郊以前是一片一望无际的芦苇荡；芦荡内水泊纵横，阴风飒飒，时常有野兽出没，人迹罕至。我还听说，更久以前，这儿曾是一片铁马金戈的古战场；“鬼脸城”上，旌旗变幻，长江沿岸，狼烟四起。然而现在，这里已经成了麦城的“高尚住宅区”，无数的欧式别墅、高级公寓星罗棋布，错落有致。据说，这里集中着麦城最具天赋、最具冒险精神的人。白天，这里的林荫道上行人寥寥，鸟鸣悠悠，看上去宁静而祥和。可是一到傍晚，这里就热闹起来了。你在路上随时可以看见大腹便便的大亨，顾盼生姿的女郎，油头粉面的小伙子，以及探头探脑、东张西望，仿佛在地上找钱包的人，冷不防，暗处还可能会蹿出一个又哭又笑、活蹦乱跳的醉鬼。这些人可能是企业家、发明家、教授、明星，或者是掮客、毒贩、奸商、隐姓埋名的罪犯，当然也可能是正在寻找主顾的“鸡”，或者是“鸭”。到了深夜，西郊终于渐渐安静下来了，只有夜总会、歌舞厅这类地方还有歌声悠扬着隐约传来。说不定，你还会从歌乐声中辨出一声女人惨烈的嚎叫，类似于恐怖片的片头或者谋杀案的线索，但你不必往心里去，也不必费心到第二天的报纸或者电视上去找。我以前就做过这样的傻事，但事实上你什么也不会发现。在大多数人眼里，西郊是一个神秘的地方。

我就住在西郊，但直到现在，我仍然是个穷光蛋。李崎山也住在这儿。他是我的大学同学，但他已经是一个有钱人。他大学没毕业就中途辍学，去做书画和古董生意，几乎是转眼之间，他就“发”起来了。他现在住着一套“跃进式”公寓，坐着自己的小车，和我这个穷博士生自是不可同日而语。我租着别人的一间平房，寒酸破旧，墙上还写着一个大大的“拆”字。夜色苍茫下，我时常透过窗户遥望着他的公寓，看着那从厚重的窗帘里透出的一线灯光，心中的滋味难以言说。对我而言，西郊的“高尚住宅区”只意味着一间平房，几架书籍，一张小铁床，以及床头的那本中文版的《一千零一夜》，还有，就是那些常常不期而至的梦。

那是个夜里。我正躺在床上看书，李崎山来找我。他神色紧张，衣着凌乱，连领带也没系，和平时大不一样。外面的天黑沉沉的，几点寒星孤零零地挂在天角。他请我到他家去一趟。我问他什么事，他说到了家再说。他走得很急，我跟在他后面。我们穿过了一条林荫道，走上通往他家的小路。路边长着冬青和黄杨之类的花木，他急匆匆的脚步声传出很远，令我产生了一种晕眩似的感觉。

李崎山的公寓是一栋四层的小楼，他家住在一、二层。我看见楼前的草坪上，他的小车闪烁着尾灯，已经发动起来了。我们穿过草坪，他回头冲车里的司机做了个手势，登上台阶，走进了家门。

他的家我来过许多次。我满腹狐疑地坐到客厅的沙发上，点上一支烟，等着他说话。李崎山喝了一口水，长长地叹一口气说：老兄，我想请你帮个忙。你能不能在我这儿住一段时间？我问：为什么？李崎山说：我遇上了一些麻烦。老庄你知道的吧？就是那个台湾人，他拿了我一大批货，一直不给钱，弄得我都快要破产了。昨天我得到消息，说他到了福建，我这就要去找他。说着他掏出一大串钥匙，放到茶几上。我问：那铃铃呢，还有她妈妈，她们不住这儿吗？李崎山说：她们到我老家去了。我抬眼四顾，打量着周围豪华的装潢和陈设。应该说，我对这里并不算陌生。我把钥匙拿过来，说：我大概要住多长时间？李崎山说：这我还说不准，多则十天，少则两三天，也说不定我明后天就回来了。他站起身说：我带你熟悉一下环境吧，这里很方便，书，电视，影碟，要什么你只管用。

李崎山带我在他家里上下转了一圈。总共有七八个房间，两个卫生间，一个厨房，还有很多仿佛中药店里装药的那种橱子，里面装的都是他的古董和字画。好几个房间的墙上都挂着古代的刀剑和折扇，还有不少大概是从西藏弄来的面具，面目诡异。我被安排在二楼，一个客人房间里。他指着写字台说：那个抽屉里有钱，你别客气，先用着。我没吭声。走到二楼西头，我看到了一个小小的木门，上面挂着一个硕大的铜锁，在淡黄的灯光下发着幽光。他停住了脚步。

这是一个壁橱，李崎山回头对我说，这里的一切都托付给你了，但是——，他认真地说，你不要打开这个壁橱。千万不要。他的表情郑重得让我感到奇怪。立即，我又觉得他是在开玩笑。我夸张地点了点，含笑说：好的。

楼下传来了小车的喇叭声。李崎山匆匆地握了握我的手，急急忙忙下楼去了。

我在李崎山家里住下了。这里，各式生活用品一应俱全，我根本不必再下楼去。大部分时间我就待在他的书房里，看书，听听音乐，欣赏他的字画和古董。他的藏书非常丰富，顶天立地的书架排满四壁，满眼都是书籍。我在一个书架的角落里发现了几本旧书，纸质已经发黄变脆。从书内的插图我可以断定，这是一套《一千零一夜》，可惜它是阿拉伯文版，我看不懂。想来李崎山是把它作为珍稀善本来收藏的。插图很多，精美而传神，有一种诡秘的西域情调。我把这套书拿到床上，有事没事就翻翻。它们实在是我独居生活的一个好伴侣。

就这样，我在这套公寓里度过了好多个日子，——具体几天，我真是弄不清了。这是一段远离尘嚣的生活，没有电话，没有来客，也没有一丝生人的气息。李崎山的客厅里摆着一只半人多高的秃鹫标本，它栩栩如生地站在墙角，巨大的翅膀底下，仿佛有一阵黑色的煞风，阴阴地旋过。每一次看到它，我都会不由自主地打个寒战。我急急地逃离了客厅，逃离了那只展翅欲飞的秃鹫。我跑上了盘旋的楼梯，走上了二楼。我不知道我这是要到哪儿去，只是要离开那灯光下秃鹫发亮的视线。走到二楼的西头，我站住了：

那只硕大的铜锁。那扇门。它们静静地出现在我的眼前。

我从来没有打开过它。这里面是什么？——钱？古董？字画？还是暗道？

钥匙就在我口袋里。但我没有把它拿出来。李崎山叮嘱我千万不要打开，他肯定也不会把钥匙留给我。我走前几步，轻轻一拽锁身，不知怎么的，锁竟然“吧嗒”一声弹开了。

我迟疑着拉开了门。

里面黑沉沉的，我只隐约看见一只巨大的怪影。突然，它“嘎”地叫一声，向我扑来。我呆若木鸡。只听得耳边“呼”地刮起一阵旋风，四周的墙壁轰然倒塌了！一股无可抗拒的力量把我拔到了天上……

它拎着我的衣领，我无法看清它。我扶摇直上，尖锐的风声灌入耳内，衣袂飘扬，飒飒作响。我“哇哇”大叫，但我听不见自己的喊声。俯瞰下去，我和它怪异的影子在大地上疾速地移动……

不知过了多久，我只感到衣领一松，仿佛一根羽毛，我轻轻地落到了地上。

这是一座城市，一座富丽堂皇的城市。我不知道它有多大，也不知道这是什么地方。我的面前是一座金碧辉煌的饭店，我站在饭店前的广场上茫然四顾，一时竟不知道自己所从何来。举首看天，澄碧如洗，只有一轮明月高挂天边。

大厅里走出了一位小姐。她明眸皓齿，笑靥如花。她款款走到我身边说：你来了，我们回去吧。我问：你是谁？她含笑道：我是铃铃呀！我们走吧。看上去她确实很有些面熟，但我想不起在哪里见过她。她不由分说，已经牵上了我的手。我们上了一辆黑色的轿车。

轿车飞快地行驶着，迷离的灯火从车窗前无声地滑过。所有的景物都是陌生的。铃铃斜倚在我的身上，轻轻软软，吹气如兰。最后，轿车在一座别墅前停下了。

我跟着她走进了别墅。铃铃对我说：我等了你好久了，你早就该回来了。这就是你的家。她纤长的手臂往四处一扫说：这里的一切都是你的。房子，家具，汽车，还有，我，也是你的。她媚眼如丝，轻轻地偎了上来……

我过上了如诗如画的生活。我成了这里的主人。端的是温柔乡中，锦衣玉食，香车宝马，侍仆成群。有一天，铃铃对我说：我要出去一段时间，你同意吗？我问她：你出去干什么？铃铃说：我要出去工作啊。我们总不能坐吃山空吧？你放心，我十天半月就会回来。我有些着急，说：那我怎么办？铃铃“嗤”一声笑了：你就在家里待着嘛。佣人们会把你伺候得好好的。我呆呆地点了点头。铃铃牵着我的手，走到二楼，指着卫生间隔壁的一个小门说：你记住了，这扇门你不要打开。我悚然一惊道：为什么？铃铃说：一时半会也说不清，总之你不要打开它。她调皮地看看我，柔媚地笑着说：我知道我走了后你会寂寞的，只要不打开这扇门，其他的事，百无禁忌！

她拥抱我，亲了亲我的脸颊，披上银狐大氅，走了。我送她出门。看着她上了汽车，绝尘而去。

我是在懵懂恍惚中打开那扇门的。此前的日子是一段白驹过隙般的“逍遥游”，但确实也有些无聊寂寞。门上有锁，我刚插进第一把钥匙就打开了它。

依然是一个黑黢黢的空间。待我的眼睛适应了黑暗，一个熟悉的怪影出现在我的面前。它双目炯炯，有如深夜的丛林中觅食的野兽。只听得“嘎”的一声尖叫，旋风骤起，四壁崩塌。刺鼻的烟尘中，我们再一次横空出世，飞上了黑沉沉的夜空。

这一次我已不再恐惧。它拎着，或者是叼着我的衣领，巨大的黑翅遮住了我头上的星空。在熹微的星光下，我们腾云驾雾，飞越城市，飞越乡村，飞越着山川江河。我依稀记起了庄子的《逍遥游》，“……鲲之大，不知其几千里也，化而为鸟，其名为鹏。鹏之背，不知其几千里也；怒而飞，其翼若垂天之云。是鸟也，海运则将徙于南冥……”

凭感觉，我知道它是在降落了。我没有挣扎，那样只会徒然送了自己的性命。地上的景物正飞快地迫近，我微感晕眩，闭上了眼睛。突然间，我的衣领松了。我“呀”地大叫了一声，落了下去！

耳边响起了雷鸣般的风声。一时间，除了激荡尖啸的双耳，天地间再没有其他的事物……不知过了多久，我的身体重重一震，落到了实处。我睁开了眼睛。

我这是在哪儿？这是什么地方？我茫然四顾，眼前直冒金星，无数变幻莫测的亮点，红的、绿的、黄的，说不出的颜色，在我的脑海里闪烁。这不是豪华的别墅，不是我的“家”；没有俯首帖耳的仆人，也没有花容月貌的铃铃。我这是在床上，在李崎山家的客房里。墙脚立着那只硕大的秃鹫标本，它一动不动，神态狰狞。我记得它原先是摆在楼下的客厅里的，我不记得我曾经移动过它。我猛一伸手，摸向枕边。我摸到了一本书，果然，它不是铃铃别墅里的那本《庄子》，而是李崎山家里的阿拉伯文版《一千零一夜》。——我的那个“家”，那里令人留恋的一切，它们彻底消失了。

我大惊失色，猛地坐起了身。就在这时，我身下的床骤然坍塌了。我的身体穿透了床板，石头般的向下落去……

我翻转着，飘浮着，悄无声息地在黑暗中坠落。随着一声震耳的巨响，我再一次落到了实处！

我躺在那儿，一动也不敢动。四肢百骸似乎都在疼痛。半晌，我睁开了眼睛。我明白了，这里是麦城西郊。我的破屋，我的家。昏黄的床头灯。满架的书。我知道外面的墙上还写着一个大大的

“拆”字。那本已被我翻旧了的中文版《一千零一夜》，此刻正静静地躺在我床前的地上。我没有看到那只秃鹫，它不在我这儿。

现在我已经完全清醒了。我不能断定就是那只秃鹫在作祟，但我害怕再见到它。究竟是谁，把我送入富贵，又将我扔回原地？它究竟是什么东西？

窗外是无涯无际的黑夜。一线路灯，吃力地在黑暗中掘出了一条窄窄的通道，伸向远方。一个醉汉，大概宿酒未醒。他唱着笑着，从口袋里不断掏出一些纸片，一路撒着，踉踉跄跄地去了。

1997 年